魏微六短篇

魏微六短篇

魏微 著

海豚出版社

图书在版编目（CIP）数据

魏微六短篇 / 魏微著. —北京：海豚出版社，2016.6（2024.4重印）
（短篇经典文库）
ISBN 978-7-5110-3293-5

Ⅰ.①魏… Ⅱ.①魏… Ⅲ.①短篇小说－小说集－中国－当代 Ⅳ.①I247.7
中国版本图书馆CIP数据核字（2016）第103934号

总发行人：王　磊
策　　划：林建法
责任编辑：朱敬利
美术编辑：杨小洲　闫　鸽
责任印制：蔡　丽

出　　版：	海豚出版社
地　　址：	北京市西城区百万庄大街24号
邮　　编：	100037
电　　话：	010-68325006（销售）　010-68996147（总编室）
印　　刷：	涿州市荣升新创印刷有限公司
经　　销：	全国新华书店及各大网络书店
开　　本：	32开（787毫米×1092毫米）
印　　张：	6.375
字　　数：	76千
版　　次：	2016年12月第1版，2024年4月第3次印刷
标准书号：	ISBN 978-7-5110-3293-5
定　　价：	59.00元

版权所有　侵权必究

目 录

1　　姊　妹
41　　姐　姐
66　　大老郑的女人
111　　胡文青传
144　　化　妆
184　　乔治和一本书

姊　妹

一

我们那地方，向来把父亲的兄弟称作爷，把父亲兄弟的配偶称作娘。比方说，我有一个爷，是我父亲的远房堂兄，行三，所以我们小孩子就叫他三爷了。

我的这个三爷，说起来也是个正派人，他一生勤勤恳恳，为人老实厚道，十八岁就进厂当了检修工，三十年如一日，到头来还是个检修工，带了几个徒弟，荣升为师傅而已。他是一九八八年得肺癌死的，才四十八岁，身后留下五个孩子，系两个女人所生。

这两个女人，一个姓黄，一个姓温，现在都还活着，带着她们各自的儿女分住两处。我们做小辈的一视同仁，都唤她们三娘。私下里，则是依着大人的叫法，把她们称作大房二房，以示区别。

我的三爷并不风流，他只是长得好看而已，他性格又温和，写得一手好字，又爱拉个二胡，在我们小城，这样的人就被视作是多才多艺了，所以招蜂引蝶是难免了。

我的黄姓三娘，也就是大房，长三爷两岁。他们原是技工学校的同学，早个几十年，三娘也该是个落落大方的姑娘。她性格开朗，又是班里的文体委员、团支部书记，说话做事的果断利索，那实在是在三爷之上的。我们家族的人都很纳闷，不知道她怎么会看上三爷这么一号人物，蔫儿不唧的。我奶奶说，可能是三爷的肉香。

三爷这人有点说不太好，他好像一直在犯迷糊，说他不懂事吧，他又特别省心，从不惹是生非。在厂里，他工作认真，技术娴熟，常常被评为先进个人；在家里，他听话温顺，除了拉拉二胡，吹吹笛子以外，他几乎不太出门。他脾气虽好，人却有点闷，长辈们都说，他没什么上进心；仿佛他做一切事，都是出于尽义务，而不是因为喜好。就连他拉二胡的时候，他也是埋首晃了几下身子，突然抬起头来，那脸上竟看不见一点寂寞沉醉的神情，平静得有如老僧入定。

或许三爷早把一切都看透了，虽然他未经风雨，才二十来岁；或许这本是他的个性。反正他的性格不太像我们这一族的男人，我的祖上曾出过几个著名的败家子，狂嫖滥赌，也出过两三个革命投机分子，到后来居然也都混了一官半职……反正不管争气不争气，他们个个都野心勃勃，富有幻想朝气。相比之下，三爷的性格则平庸多了，他让我们安心，也使我们叹气。他生得又确实标致，他是细高挑儿，容长脸，淡黄肤色，小时候因为读书姿势不好，早早落了个近视，所以戴着眼镜，很像个知识分子了。

我们合家老小，但凡说到三爷这人，不知为什么总是要发笑的，就比如说，他很讨姑娘喜欢,十三四岁的时候,就有女同学给他递纸条约会,他又是那样好心肠的一个人,所以每次都去了。我的二姑奶奶有一次欢天喜地地说,真没看出来,她这侄儿竟长得一身骚肉。

三爷"噢"了一声,茫然地转过头来,全家人都笑了,他一脸的懵懵懂懂,样子很是无辜。三爷对男女之事不怎么上心,懂总归也懂一点的。他又是那样孩子气的一个人,没什么表情,喜欢斜着眼睛看人,对谁他都要搭上一眼。若是看一个姑娘,他先本是无意,再搭一眼,对方或许就有心了,三爷虽然没什么表示,心里则难免有些高兴了。

三爷十九岁就结了婚,是三娘把他从一个姑娘那儿抢过来的。三爷想了想,觉得有两个女人为他争风吃醋,他心里也蛮受用的。照实说呢,他对三娘也不讨厌的。

婚姻这东西其实也没什么好说的,总之,三爷过得不错,他在各方面都得到了妻子的照顾。她爱他,又长他两岁,她待他就像待一个小孩子似的,凡事都哄着他,让着他。大概三爷自己也觉得,除了床笫之事,妻子和姊妹也没什么不同。

他们新婚那阵子最是引人发笑,怎么说呢,两人好像都不太知廉耻,有人没人就往屋里跑。做长辈的难免会觉着害臊,又担心三爷的身体,又嫌新娘子太浪。我们小城有一种偏见,就觉得男人浪一浪不妨的,女人浪就不行了。待要提醒他们吧,只见三爷成天跟在老婆身后,涎皮赖脸的,一副馋相。

不得不说,那是三爷一生中最平静幸福的时光,他们夫妻恩爱,情投意合。三爷破例变成了一个小碎嘴,他是什么话都要跟妻子说的,比方说,又有哪个女人喜欢他啦,这些事他一概不瞒的,说起来总是要笑的。

三娘说,你怎么知道的?人家跟你挑明了?

三爷说,噢,这种事还要挑明说的?

三娘说,那你怎么知道?

三爷"咯"一声笑了,脚一蹬,拿被子盖住了脸,只管自己乐了。

三娘看着自己的男人，说不上是忧还是喜。他怎么就长不大呢，偏又那么虚荣！她也疑惑着，这人她可能是嫁错了，他不怎么有出息；她一颗心全在他身上，只是不安生。

然而谢天谢地，三爷并没惹出什么乱子来，至少在结婚的前十一个年头。照我堂爹爹的话说，不是三爷多有责任心，而是作为一个男人，他那时压根儿还没开窍。

三爷成为一个男人的历史非常漫长，直到他三十一岁那年，遇上一个姑娘为止，这姑娘后来成了我的温姓三娘。谁也不知道他们是怎么认识的，毋庸置疑，三爷在那一年里突然茅塞顿开，他心里第一次有了女人，他知道什么叫爱了。

三爷知道爱以后，嘴巴就变紧了，在妻子面前什么话都不说了。他心情好得要命，常常一个人呆坐着，自己都不自觉的，脸上就会放出一种白痴的笑容来。为了掩饰这一点，三爷总是捧着一本小人书，这小人书理该是他十岁的儿子看的。三爷对老婆更加好了,两年以后,三娘才知道,他这完全是愧疚所致;其实三爷这时候还没什么愧疚心,他之所以温言软语,手脚勤快,只不过以为做完了他该做的,他就能出去野了。

现在,一切都颠倒过来了,三爷愿意把他的心里话留下来,一股脑儿地全倒给心上人听。我的温姓三娘其时二十一岁,还是个大姑娘。我见过她年轻时的一张照片,还真是蛮俊俏的,她是典型的那个时代的美女,穿方领小褂,扎一双麻花辫挂在胸前,五官端正得没什么特征。我估计三爷这辈子对女人的美素无研究,所以他能很快地跳过相貌,一下子就发现这个姓温的姑娘原来是自己人。

这简直要了三爷的命,他的爱情甜蜜而忧伤,有时候他都怀疑,自己是不是能同时承担这两种南辕北辙的重量。他成天昏昏沉沉的,身子轻得快要飘起来,莫名其妙的,他常常就叹气了,不管是快乐还是忧伤。很多年后,三爷也承认,这一时期他的感觉就像患了重感冒，或是出了疹子。说这话时，三爷四十二岁，温姑娘已为他生下一双儿女，他两边疲于奔命，家庭矛盾不断升级。三爷实在累了，有时也会自嘲，疹子嘛，他说，总归人人都会出一次的。

有一次，温姑娘问他，他这一生最想做什么。

三爷勾着脖子想了半天，瓮声瓮气地说，可能是拉二胡吧。

温姑娘屈膝抱腿，看着自己的脚面问道，假若有一天你老了，不久于人世了，你最遗憾你没做什么？

三爷的心荡了一下，他突然想起来，自己其实也有梦想，那就是进文工团，或是县剧团，当一个二胡独奏员。这梦想隐隐约约的，他从未跟任何人说起过，现在，他跟心爱的姑娘坦白了，声音很平静，眼里却闪着光。温姑娘转过头来看他，很多年后，当三爷弥留之际，他躺在病床上，心疼的并不是他未能实现的梦想，而是一个姑娘的目光，那样的安静坚定,他不禁老泪纵横,已经完全不计较这姑娘后来给他惹了多大的麻烦。

三爷就是从这一天起,完全变了一个人,他的生活突然有了目标,他专门拜了一个瞎子师傅,一有空就跟他学二胡,回来的时候,整个人也喑哑了,总是在琢磨什么;他搬来一条板凳坐在院子中央,架着腿端着二胡,有时低头沉思半天,偶尔一抬头,眼神炯得像是在冒凶光。长辈们都说,三爷是活回来了,他二十来岁时淡漠得像个老人,他长到三十来岁才长成了一个青年,生机勃勃,胳肢窝里都能蹦出来几个欲望。

我那年轻时曾是花花公子的堂爹爹说,这才是我们许家的种。其实三爷在外面有女人的事,我们全族人都知道,只差一个三娘。我们族人都不以为这事有什么大不了的,男人嘛,总归要浪一浪的,要不白来这世上走一遭了。

三娘得知家里出了丑事是在两年以后,她的第一反应竟不是生气,而是有那么一点好奇，她怎么就没看出呢，她的男人竟也是个老狐狸——她原以为他没什么心计的——活生生把这事在她的眼皮底下瞒了她两年！她那年三十五岁，已是两个孩子的母亲，成天忙于各种琐事，老实说一颗心早已不在三爷身上；当时街上又在闹革命，个个热血沸腾，三爷成天不归家，她也只道他是贴标语、当造反派去了；再加上我们族里有一些十六七岁的年轻人，对偷鸡摸狗的事最是感兴趣，所以也常常为三爷递消息放风。

三娘知道这事以后，也没怎么声张，只在屋里把个三爷兀自瞅了半天，三爷躺在床上假寐，脑子里偶尔也会闪过温姑娘的身影，反正偷情就是这样，越偷越来劲，怎么也不会生厌的；他一睁眼，却看见老婆的一双眼睛直勾勾地盯着自己，心里没来由地一阵不高兴，掉了个身，咕哝了一句：神经病。

三娘的心都碎了，她拿手捂住脸，嘤嘤地哭了起来。

三爷呼的一下坐起来，"啧"了一声问

道,好好的你哭什么,还让不让人睡觉?

三娘再也按捺不住了,一腔怒火并没有冲着自己的男人,而是跑到院子里,先把我们族里那些"拉皮条的"骂了一通,那些狗吃的、不是人养的、混账王八蛋……她双手掐腰,声嘶力竭,越骂越激动,七弯八拐地就带上了我们的祖宗。可怜我那些老祖宗,躺在坟墓里也不得安生,直被她骂得狗血喷头,骂得八辈子都翻不了身。

这次酣骂改变了三娘的一生,在由贤妻良母变成泼妇的过程中,她终于获得了自由。从此以后她不必再做什么贤妇了,她算是看透了,她来他们许家十多年了,为他们传宗接代,为他们养老送终,正儿八经一天福没享过,结果怎样呢?三娘突然觉得委屈,她抬头看了看蓝天白云,知道一个女人活在这世上,什么都靠不住,丈夫,儿子,爱情,婚姻,有一天都会失去。

三娘呆了呆,同时也不忘把拳头攥了攥,小小粗糙的肉手心,软的,温的,潮湿的，正在发抖，可是这么一攥倒也攥出了几许斤重，三娘的后半生就是从这一攥开始的，她获得了一种绝望的力量，可谓无心插柳。这世上本没什么救世主，三娘后来总不忘告诉那些受苦受难的姊妹们，女人天生软弱，可是软到极限就会变得强悍无比；假若实在没什么招数，三娘言传身教道，你就大喊大叫，哭哭闹闹，反正这事没什么道理可讲的，拼的就是火力。

三娘说得没错。她那天确实吓到了我们，惊得我们全家面面相觑；从此以后，这悍妇凭借一种道德上的优越感，再也没正眼瞧过我们。那天她骂完以后，擤了一泡鼻涕，啪的一声摔在地上，拿膀子朝脸上抹了两抹，就泼洒着、自暴自弃地进屋了。我们族人互相看了看，据三娘后来形容，全族上下竟没人敢龇个牙，哼两声。

三爷躺在床头，一双眼睛斜斜地吊起来，一脸的匪夷所思。咦，事情怎么就传出去了呢，在他的计划里，好像是没这一天的！看样子这事有点蘑菇，可是他天生一慢性子，从来都临危不惧。床上有一根不知什么人的头发，他把它捡起来，凑近眼前认真地研究了起来。

三娘说，那女的叫什么名字？

三爷搭了她一眼，一脸的懵懂无知：什么女的？

三娘冷笑一声，把个身体倚着五斗橱，双臂交叠放在胸前，一副居高临下的样子；虽然妒火折磨得她快要疯了，可是不知为什么，她一点都不恨自己的男人。她脸色铁青，声音平静得像是没有感情。

她又问，她家住哪儿？

三爷镜片后面的一双眼睛，突然惊恐得至于呆滞，很多年后，三娘都能记得这眼神，那样的坦白慌张，他连掩饰都不掩饰！三娘的心一阵彻骨寒冷，他怕什么？怕她去撒泼闹事，伤了那女人？她跟他十年夫妻，竟不抵他对那女人的情谊？！

三娘拿手掠了掠头发，也没有呼天抢

地，只是扶着橱柜，想要镇定一下自己。后来，她沿着橱柜往下滑，蹲到了地上。她拿手扶着胸口，她就觉得那儿疼，空荡荡的，她要摸摸她的心是不是还在；一颗眼泪落在了三娘的手臂上，这一次她是真正在哭泣，非常地安静，眼前漆黑一片。

三娘的恨或许就是这时种下的，对象就是"那女人"——温姑娘。那么现在，让我们来说说仇恨，那发生在两个女人之间的一段不可理喻的激情，那就像噩梦纠缠了她们几十年的，那于她们就像食物、阳光、空气和水！凡是涉及到女人的事，总被认为是鸡毛蒜皮、不值一提的，我的回答是：这完全是一种偏见。

因为这时我已经五岁了，我得以看到了人世间最残酷的一场战争，虽然只有两个人，却不啻于任何一场千军万马的厮杀；伟大的战争多源于一些不相干的小事情，里头未见得有多少仇恨，可是这场战争却彻头彻尾充斥着仇恨，那都是铁铮铮的、伸手可触的、无边无际的,两个女人拼其血本,动用她们一生的力量、智慧、坚忍,她们充分发扬了一不怕苦二不怕死的革命精神,那就是不断地撩拨对方,不惜自己受伤。

而且,这场因男人而引发的战争,到最后变得跟三爷没关系了,他被排除出局了,两个女人谁都不乐意带他玩,所以,战争的纯粹性就呈现了。

很多年后,温姑娘也承认,针对她和黄脸婆(也就是我的黄姓三娘)的这场纠葛,她其实是付出了感情的,那是一种比爱更伟大曲折的感情,相比这样的感情,异性之爱简直不足挂齿。在和三爷好了两年以后,温姑娘就心灰意冷,她说,爱这东西,还有什么好说的呢?

是啊,爱确实没什么可说的,可是在最初的两年,他们两个却好得如火如荼,尤其是温姑娘,她是那样的不管不顾,只把三爷视作她的一块心头肉。她那年二十出头,出身清白人家,虽然没了爷娘,却有个长她十来岁的姐姐,嫁给了本城的一户有威望的人家。那阵子,她姐姐总为她张罗对象,可是温姑娘却不太热心,嫁人对她来说是件不可想象的事,再说,每次相亲回来,三爷必得有一场大闹,他先是问她的对象是不是长得端方,是不是当干部的,有地位。

温姑娘禁不起他缠,有一次就说了,是在部队里,当连长。

三爷逼尖了嗓子说,八成是老头子吧,要不人家怎么会看上你,你长得又不漂亮!

温姑娘只是抿嘴笑。

三爷拍桌打板,脾气坏得很哩。他说,你笑什么笑,你称心如意了是吧,你一个大姑娘家的,为了嫁人怎么就连一点自尊都不要?

温姑娘忍住笑,拉了拉他的手说,吃醋了?

三爷低眉站了一会儿,走上前去,轻轻地抱住了他的姑娘。他抬眼看窗外,心一阵阵收缩得疼,像有张小嘴一张一合在吸他似的;身体也软弱得厉害,力量无边溻漫,三爷只觉得鼻子一阵发酸发疼,他这是怎么了，他自己也不知道。

二

　　三娘和温姑娘的第一次会面来得非常偶然，想来这也不奇怪，我们城很小很小，只有三五条主街道，几万人口；也许她们早就见过面，在上下班途中的一个路口，她们迎面走过，说不定也会互相打量一眼；在擦肩而过的那一瞬间，她们不会注意，太阳底下她们的影子怎样在纠缠撕打。那时她们还认不出对方，一直要等到三爷把她们唤醒，她们的一生才算真正发生了关系；共同拥有一个男人使得她们成了自己人，那感觉是如此迫近、微妙、疏离，使得她们即便隔着芸芸众生，也能一下子就有所感应。

　　那个星期天的午后，温姑娘去人民医院找她的姐姐说点事——她姐姐在那儿当护士长；走到医院门口时，她看见了一对母子迎面走来，那儿子叉腿坐在自行车的后座上，那母亲一手推车，一手扶着儿子。温姑娘看了他们一眼，突然愣了一下，她看见了那孩子的脸，眉眼紧俏，很像三爷；自行车龙头上，系着一个蝴蝶结，有一天她和三爷推车走在郊外，闲来无聊她也曾在车龙头上系过一个同样的蝴蝶结；自行车是"永久牌"的，有点旧了，铃铛挂了下来。温姑娘的心突然狂跳不止，那是三爷的车，她认得的。

三娘一边抚慰刚打了针的儿子，一边从温姑娘身边走过了。突然，她警惕地回过头来，完全凭着女人的直觉，她知道有人在打量她。这是一个年轻姑娘，肤色微黑，生得匀称健康；三娘曾不止一次向我们族的"皮条客"打听，她男人的相好长什么模样，当得知对方得一绰号叫黑牡丹时，她表示，她抽空要会会这个蹄子，"抽她两巴掌"，她从牙缝里舔出来一根菜叶，恶狠狠地吐在了地上。

可是那天，在这场历史性的会面中，三娘一开始的表现却使自己失望，看见仇人，不知为什么她一下子就没了力量,只觉得浑身瘫软,一双手都在簌簌发抖;直到她看见对方也和她一样,一张脸木木的,似乎还没有回过神来;三娘这才镇静下来,她咳嗽了一声,伸手在儿子的衣服上掸了掸,说道,毛头乖,我们现在就去机械厂找爸爸,让他陪着我们去看电影,传达室的大爷要是不让进,你就说,我爸爸叫许昌盛。

三娘的声音温柔甜蜜,她自己听着都觉不像话,那是一个幸福的妻子和母亲的声音,是她多少年来都不再体验的。她静静地瞥了一眼对手,她的神情悠远自信,充满了一个正派女子对一个烂货的同情和鄙视。

温姑娘一阵头晕目眩,这场较量兵不血刃,却以她的失败而告终,短短不到一分钟,她们没有说一句话,只是看了两三眼;她输了。温姑娘直到这一刻才知道,她的身份是那样的可疑可鄙,她算什么,她在那个黄脸婆的眼里充其量只是个婊子。她摇摇晃晃走到离门诊部不远的花圃前,双膝一软就跪了下来，她把手指抠进泥土里，喊了一声"妈妈"，呜的一声就哭了出来。

三爷的这场恋爱在两个女人之间引起的仇恨，是他万万没想到的，事后他翻来覆去地想：女人这类物种真是莫名其妙的。不知从哪一天起，温姑娘再也不去相亲了，她铁定心来要让自己成为一个老姑娘，三爷觉得很烦恼。事实上，自从他老婆介入这事以后，他这恋爱就有点谈不下去了，整个人也变得焦躁了。现在三爷很老实了，二胡也不学了，一下班就回家，心不在焉地和妻儿说说话，两个小孩儿在玩玻璃球，老婆则不太搭理他——家里都没他这个人了。到了温姑娘那边，三分钟不坐他就心事重重，摸摸这，摸摸那，温姑娘看了，不由得哼了一声冷气。

三爷搓搓手，说，我不是这意思……

温姑娘低头坐着，都懒得看他，一双手把毛衣织得飞快。男人懦弱到这种份儿上，老实说她实在有点瞧不上。三爷拉一张椅子坐在她身旁，望着门外发了一会儿呆，一切恍若一场梦,从前她是多省心的一个姑娘,事事都为他着想,他们常在一起计划未来,她就说,不着急,我等得起,离婚不是一朝一夕的事,不能太伤了她。

　　三爷长长地叹了口气,他现在不能离婚,家里的那个没什么过错,身边的这个可爱可怜,不知为什么,他现在只为自己感到心疼。他伸手拿过毛线团,放在手心里握了握,琢磨着该说两句体己话,不知怎么话题就引到了她相亲的事上。三爷说,最近你姐姐怎样,不再跟你介绍对象了?

　　温姑娘迅速侧过头来看他,眼神犀利,就像刀刻,三爷这才知道,他又一次说错了话。他现在简直不敢说话。

　　温姑娘说,你现在还敢提这个茬!

　　三爷低三下四地笑了笑。

　　温姑娘的一双眼睛定然地盯着门框,半晌才说道,迟了。

　　三爷扶着膝盖想站起来。

　　温姑娘把毛衣摔在地上,冷冷地问他,

想家了是吧？

三爷挂着脸不说话。

温姑娘再也忍不住了，多少天来的屈辱使得她声泪俱下：你早干什么去了，你现在让我去相亲！玩够了，想甩了，是不是？你们夫妻两个合伙起来欺负我一个，回去问问你婆娘，她都干了些什么，她还跑到我单位去告黑状。你回去转告她，我什么都不怕，让她告去吧！你这男人我是要定了。

三爷目瞪口呆，让他惊讶的不是他老婆在告状，而是温姑娘的泼辣相。女人怎么都这样？一转眼就翻脸不认人了！三爷从温家走出来的时候，手抄裤袋，朝天轻轻吐了一口气，现在他解脱了，他再不必对这姑娘有什么愧疚心了，他不怕她跟他闹，他只怕她对他好。

回到家里又是另一番景象，两个小孩儿在哭吵，他心里发烦，顺手在老大的屁股上拍了两下，三娘奔过来不让了，她把儿子护在身后，也不说话，只把一双眼睛狠狠地看着三爷。那是她的儿子，他凭什么打？他刚从骚货那儿回来，凭什么拿她的小孩儿出气，就凭他那一脸晦气相？

三爷呆呆地站了一会儿，突然觉得天高地远，人生竟是这样的没趣味，他刚建立起的那点家庭责任心，就这样飞了。那一刻，他心里空得就像出家做了和尚。我们家族的人后来都认定，大概三爷就是从这一刻起，有了逃遁的决心。

三爷整整失踪了三个星期，他躲在一个朋友家里，也不用上班——他们厂正停产罢工；白天他们走走象棋，晚上谈点爱情人生，日子过得逍遥自在；在他失踪的那段时间，我们全族上下急得鸡飞狗跳，只担心他是寻了短见，三娘和温姑娘更是昏天黑地，两人都发现，她们爱着这个男人，这爱是另一个不能给的，她们也想独占这个男人，所以在寻人的同时，她们也免不了争风吃醋，互相诋毁。

尤其是温姑娘，她差不多快疯了，按

说她这种身份，怎么着也得避点嫌疑，可是她全然不理会，甚至动用了她姐姐婆家的关系，派出了一支民警小分队分头寻找。三娘最看不得她仇人的贱样，那是她的男人，哪儿就轮得上这婊子说话的份儿！她恨得哭了一场，眼睛都充血，第二天她到底没忍住，带上娘家的几个兄弟，忙里偷闲到温姑娘家里走了一遭，她让她的兄弟把门，自己进去了，和仇人撕扯了一番。

温姑娘坐在地上，她蓬头垢面，起先她也还手，后来她就不动了，任着三娘胡抓乱挠，拿指节在她的额头上敲得咚咚作响。温姑娘是那样的安静，偶尔她抬头看了一眼三娘，直把后者吓了一跳。她的神情是那样的坚定、有力量，充满了对对手的不屑和鄙夷。三娘模模糊糊也能意识到，这女人是和她干上了，从此以后，谁都别指望她会离开许昌盛。三娘突然一阵绝望，坐在地上号啕哭了起来。

二十天后，三爷被找到了，不得已结束

了他的隐居生活；天上一日，人间十年，三爷出来以后，整个人就变了，他一副离尘世很远的样子，对于他和两个女人之间的烂摊子，他突然理直气壮地退出了，好像这事跟他没什么关系似的。让她们闹去吧，有一次他不耐烦地跟我们族人说。

　　随着三爷的退出，这场男女关系就变成了两个娘儿们的较量；其实三爷也不是真正退出，他还得回家睡觉，要不就去睡温姑娘，我们都看得出，三爷不那么自寻烦恼了，因为他现在谁都不爱。温姑娘的头生子就是在这一段怀上的，她作出了这一生最惊世骇俗的一个选择，把孩子生下来，于爱于恨都是一个合理的解释。她怀孕的时候很是吃了一点苦，知道要被单位除名，所以主动递交了辞呈；她的肚子渐渐大了起来，整个小城都在议论这件事，她成了我们这儿的传奇。

　　说不上人们是以怎样的眼光来看我的温姓三娘，首先，她生得漂亮，为人端庄；

虽然出了这等丑事，她也算不上浪荡；当她挺着肚子走在街上，她脸上的平静尊严使得人们慢慢噤了声，那不是一般孕妇的尊严，那尊严里藏着一股巨大的力量。她也不张狂，平时自己买菜烧菜，要是在街上碰上熟人了，偶尔她也会说说怀孕心得，她一手叉腰，一手抚在肚子上，虽然静静地说笑，人们也听得四肢竖起了汗毛。怎么说呢，这女人已经超越了无耻，她一脸的圣洁，让人觉得害怕。

是什么使温姑娘变得这样坚强，我们后来都认定，她的心里有恨——其时三娘正在四处活动，想把她告到牢里去，可是这么一来，很有可能就会牵连到许昌盛，三娘就有点拿不定主意了；温姑娘听了，也没有说什么，淡淡地笑了笑。我们不妨这样说，温姑娘的下半生已经撇开了三爷，她是为三娘而活的，事实证明她活得很好，她一改她年轻时的天真软弱，变得明晰冷静——她再也没有男人可以依靠，心里只有一个目标，那就是活着,要比黄脸婆更像个人样;随着小女儿的出生,她身上的担子重了许多,她在家门口开了间布店,后来她这店面越做越大,改革开放不久,她就成了我们城里最先富起来的人,当然这是后话了。

我的温姓三娘从不后悔,她度过了不平凡的一生,可是活得很有劲道——和人斗,其乐无穷,说的就是我的两个三娘啊。她们像一胞双胎的两姊妹,或是一枚钱币的正反两面,彼此相辅相成,阴阳共生。在温姑娘怀第一个孩子时,她姐姐为她从乡下找了一个保姆,我们许家也偷偷派人来照应。温许两家达成了妥协,孩子姓许,又托关系报了户口,反正许昌盛只有一个,就这么两边都糊着吧,也不分大小的。

温姑娘其实一点都不在乎她有没有名分,当她姐姐把这一切都搞妥以后,她淡淡地说,何必呢,我又不是为了这个的。

做姐姐的不禁泪落,大骂许昌盛。

温姑娘笑了笑,说,这不关他的事。——

她坐在家门口，看着沿街走过的人群，许许多多男人的面孔和背影，从她眼前哗哗地淌过，她就像做了梦一样，不禁设想自己若是嫁给他们中的任一个，都可能没现在这样圆满；这么想的时候，她心里分明闪过一个女人的身影，她嘴角稍稍牵动了一下，觉得这一回自己是战胜了她。

对待三爷，温姑娘还是不错的，她待他甚至比从前还要温柔，她一概软到底，什么都不跟他计较，她也不吃醋，也不使性子，他要是回家去，她也不阻挡，隔几天他要是回来了，她也蛮开心，唠唠叨叨和他说些家常。三爷没么重要了，因为她有了孩子，温姑娘搂着她的孩子，眼神温绵慈善，心偶尔也会酸楚，她知道，这世上什么都是假的，只有她的一双骨血才是真的。

我的黄姓三娘也适时调整了策略，不再和三爷冷战了，严酷的现实告诉她，失去了这个男人，就失去了对这场战争的控制。说到底，她这人的性格还是太外露，不像姓温的那样"阴毒";她人生的最大一次失误,是没把她的仇人送进监狱,却让她张牙舞爪地弄个儿子出来,这是她犯的一个战略性错误,当时,她怎么就没想到叫她流产呢,雇个人,迎面撞她一下,这活儿就干得漂亮了。

没有人能想到,我的黄姓三娘度过了怎样屈辱的一生,她好好的一个家庭被拆散,她的男人被别人占有,她一辈子都被一个女人压着走;在她仇人生产的那天,她一个人躺在家里,孩子们都睡了,许昌盛肯定死去医院了,她开着灯,静静地睁着眼睛,脑子不太能动;窗外是冬天的凄风苦雨,一片残叶贴着窗玻璃晃了几下,掉下去了。三娘觉得她的一生从来没有这样安静过,心里充满了对一切生命的同情,也希望躺在医院里的那一对母子能静静地死去。

三

我的两个三娘就这样服从了命运的安

排，认领了妻妾的身份，从此消失于街巷间；随着时间的推移，她们不再剑拔弩张了；战争是需要体力的，从前，她们已消耗了太多，都伤了，怕了，疲惫了。仇恨把我的两个三娘给毁了，但看她们满目疮痍的神情，显得那样的苍老、压抑、若有所思。在她们的后半生，她们很少有过真正的安宁，即便一个人坐在太阳底下发呆，偶尔一想起对方，她们就会打激灵；光天化日之下，她们也是彼此的噩梦！

仇恨也整个儿改变了两个女人，使得她们对这世界的认识不是幽深高远，而是漫无边际；总之，伤害和不幸使她们有了一些智慧，就比如说，我的黄姓三娘偶尔也会沉思，自问人为什么要活着、人生有什么意思这样的高级话题；她一个人常常就哭了，背着人她不知哭过多少回，好像并不是因为什么，就是哭成了习惯，鼻子一酸就会掉下眼泪；她自顾自哭上一回，哭到舒服了，也没人看见，她就擦掉眼泪，干活去了。而从前,她是多乐观的一个人,庸俗,愚蠢,得理不饶人,很让人烦的。

我的温姓三娘从来不哭,好像她把这一生的眼泪都哭给了爱情,现在她吝啬哭一滴给任何人。况且她又是个生意人,最精于算计,常常她在店堂里忙到深夜,一个人走回家去,脑子一放松,就会想起城西头还住着一个女人,现在可能已经睡了,就会想起那张脸,她狰狞的神情,想起她的污言秽语,她抓住她的头发朝墙上撞的情景……我的温姓三娘并不愿意想到这些,因为这是黑夜,冰天雪地的,路上没什么人,她恍惚中难免会疑惑若是这世上只剩下她们两个,她的记恨便是没有意义的,她觉得荒冷。

某种程度上,两个三娘最终也没能达成谅解,却对三爷抱有同情和宽容;说到底,跟男人是没法计较的,不在一个层面上;经过了这些年、这些事,她们已经老了,不知为什么他却怎么也长不大,一遇事就往后缩,什么都不想承担,似乎他又回到了很多年前，他疲沓懒惰的青年时代，好脾气，有点无赖，他是要等着女人对他负责的——她们对他，是爱过，恨过，鄙视过，后来就变成了包容，那简直是慈母式的，一概退到底，最后就变成无条件的了。不得不说，三爷在他生命的最后几年，度过了一段平静时光，他终于可以相安无事地两边都敷衍着，这边住一阵，那边住一阵，想住多少天就住多少天，再也不会有人跟他哼叽。我们族人都说，三爷是彻底的自由了，他自己也很满意，觉得经过十几年的努力，他终于安抚了两女人，使得她们就像两姊妹。

然而三爷在两个家庭的身份毕竟显得怪异，怎么说呢，他有点像个亲戚，他虽是五个孩子的爹，两个女人的丈夫，但是大家都习惯了他不在家的日子——孩子们称之为"出差"——假若他哪天"出差"归来，孩子们则显得异常的高兴，做母亲的也会额外多添几样菜，温壶酒，这时候家里差不多就像过节了。

过年的时候，三爷就不那么随意了，他很注意时间的合理分配，尽量不伤任何一个人。就比如说，年三十和大年初一，他一般都在大房那边的，虽然心里也有点愧意；到了年初五——我们称作"小年"，他一般就陪着二房了；这表明他心里确实有底的，并不会因为好恶而乱了伦理，就连他生病住院的时候，两家也是轮流侍候。

三爷从查出癌症到去世，不过半年时间，虽然被瞒了真相，他也模模糊糊能感觉到；每天躺在病床上，窗外能看见一角蓝天，满窗的梧桐绿意使他想到生死，不知为什么有时也会很平静。他并不惧死，放心不下的还是他的身后事，牵牵绊绊那么多的关系，他希望五个孩子能平安无事，至于两个女人……他看了一眼来医院探望的我的父母，说，多照顾她们。

三爷的声音是那么轻，我当时站在他身边都不太能听得清；他憔悴多了，眼镜也不戴了，双眼直往里凹，我不知道他是否还能看见什么，反正他说话不太有力气了。他嘴唇又动了动，我母亲俯下身听了一会儿，一走出病房，她就捂脸流泪，因为三爷说的是，他觉得人活着没什么意思。

我们一家三口站在医院的一棵老槐树底下，发了一会儿呆。我那年十六岁，第一次知道人世竟如此麻烦牵扯，一下子都无从说起。大概三爷早就乏味疲惫，只是他很少提起，他这一生为两个女人所累，活着对他来说没太大的吸引力。

三爷死在那年冬天，在送火葬场之前，我们族人都希望两个女人能见上一面，就是说，在火化那天能一起出席葬礼；这个建议被黄姓三娘断然否决了，大概她以为，这是一种身份的象征，只有她才是许昌盛明媒正娶的妻子。

温三娘既不得堂堂正正地参加丧礼，所以火化那天清晨，她五更不到就起了床，叫醒了两个孩子，带上事先备好的纸线，披麻戴孝，几步一磕地就走出了家门；那天地上都结了冰,天上寒风呼呼吹,他们娘儿仨叫醒了火葬场的看门人,到停尸房守着三爷,一直到天亮才离开。是的,他们先举行了葬礼,虽然没有外人,却是一家人最后聚在了一起。

温三娘抱着丈夫的尸体只是流泪,她跟丈夫说,我是看在你的份儿上,才不跟她计较的,要不我今天非来哭场,看她能拿我怎么样?她拉着丈夫的手,又抚了一下他的脸,静静地抬头看窗外,那眼睛里全是恨毒。

我们基本可以认定,两个女人在三爷死后的日子里,仍在发生着某种联系,她们一直不能将对方忘怀,并把这种惦念维系了一生。

两个三娘都告诫过自己的孩子,不要跟仇人的孩子来往,然而亲情着实是一种奇妙的东西,平时倒也罢了,但凡遇上事,他们身上流淌着的同一个男人的血液就使他们紧密地联系在了一起。尤其是几个小的,年岁都一般上下,又在一所学校念书,平时遥相对望,早已心生好感好奇,彼此都有勾搭之意，只是碍着母嘱，不好下手；所以一旦逢着哥哥妹妹被人欺负了，那岂有站在一旁看热闹的理，早就急不可待地冲上前去，借此表明自己的心迹，重叙兄弟手足之情。

就连黄姓三娘自己，有一次经过学校门口，看见温姓的小女儿被几个坏小子围着撕扯，她也路见不平拔刀相助过。温姓的女儿那年不过十岁左右，因生得玲珑剔透，很得一些坏孩子觊觎，男孩儿对女孩儿表达爱意的方式不过是把她堵住，你一拳我一脚地打骂一通。起先，黄姓饶有趣味地看着这一幕，直到看见那女孩儿被打得缩在墙角，捂着头，她这才毫不犹豫地走上前去，扯住一个孩子的耳朵，把他按得跪在了地上，好歹给她仇人的女儿复了仇。

这事让黄姓有那么点不舒服，它勾起了她心头的旧痛，这女孩儿长得越来越像她的父母，她脸上的神情哪一样不是那对狗男女的？她生气懊恼了好一阵子，不过事情既然已经做了，若是还有第二次，她照样还会这样，那是她丈夫的女儿，她怎能看着这孩子受人欺侮而袖手不管？

两个三娘的再度相见，还要再等上一些年头，其实她们也谈不上相见，只是恍惚中觉得有那么一个人，还不及对方反应，她们就已经避开了。这次惊鸿一瞥给了两个女人太多的打击，她们看到对方老了，完全不是从前的那个人，若不是毛头堂哥做参照，她们撞在一起怕也未必能相认。我的毛头堂哥那年三十三岁，已下岗多年，生活的艰辛使他变得老态疲惫——他已经是一个中年人了。

那天，温三娘看见了这对母子，还不待自己回过神来，就本能地转过身，拐进了一条小巷，她是那么慌张，几乎逃窜一般，一路疾走，气喘吁吁，走到没路可走了，她才四下里看看，倚着一面土墙稍稍喘了口气。她站在土墙前估摸着总有几分钟，或是个把小时，脑子晕晕乎乎的不太能相信，这孩子才几年不见，怎么就变成这样，想当年许昌盛和他一般年岁时，却是嫩得能掐出水来——

温三娘再也不敢把思绪放在她的仇人身上哪怕一丁点儿，她仇人全然一副老太太的模样，使她感到很伤心。

一路上，黄三娘都在问她的儿子，刚才恍惚闪过的人影可是"那女人"；她眼睛有点花，没怎么看真亮，只记得那妇人体态臃肿，和从前的那个俏丽模样完全对不起号来。

我们族人都说，两个女人大约就是从这一面起，互相有了同情，那是一种骨子里的对彼此的疼惜，就好像时间毁了她们的面容，也慢慢地消淡了她们的仇恨；我不太认同这种说法，我以为她们的关系可能更为复杂一些，她们的记恨从来不曾消失，她们的同情从开始就相伴而生，对了，我要说的其实是这两个女人的"同情"，在多年的战争中结下的、连她们自己都没有意识到的情谊；命运把她们绑在了一起，也不为什么，或许只是要测试一下她们的心里容量，测量一下她们阔大而狭窄的内心，到底能盛下人类的多少感情，现在你看到了，它几乎囊括了全部,那些千折百转、相克共生的感情,并不需要她们感知,就深深地种在了她们的心里。

据听说,两个女人后来都伤心得落了泪。温三娘为此大病了一场,她躺在家里足足一个星期,中途把女儿叫到床前,尽管做了很多铺垫,那一句话说出来还是让她羞愧:她仇人没闺女,她想让女儿将来给她仇人送终(我们那地方的风俗,有儿有女送终,一生才叫周全)。

温三娘说,她老了,没事你常去看看她,儿子媳妇哪有贴心的?她跟我也就这样了,对你她是不会计较的。

温三娘抱着女儿痛哭,她就是觉得屈恨。她和"那一个"所共同经历的痛苦屈辱,丧夫,仇恨,不幸的生活……她们早就不分彼此,合二为一!她们简直是白头偕老。我的温姓三娘再也不会知道,是怎样的一种东西使她们纠缠在了一起,她为此很感苦恼。那么后来,我的毛头堂哥到"温氏绸布店"帮工，再后来，他和大房的两个兄弟都成了这家店面的股东；我们不能借此就以为，两个女人从此就没了芥蒂，事实上她们一直讳莫如深；毕竟，历史不应被忘记，这也是对自己的尊重。

温三娘为她这一义举找了很多理由，她逢人便解释，她心胸并不开阔，实在是看在许昌盛的份儿上——他儿子的事她哪能不管？

这话我们也就听着，总觉得不尽如此，因为这一对娘儿们的事，我们后来都烦了；两个冤家虽然一口一个许昌盛，其实许昌盛未尝不是真正的第三者，她们的相识才是宿命，她们的恨堪称深仇大恨，她们的同情相知如海深，可是她们又从不承认。

生活以它不可逆转的方向滚滚向前，把她们像沙子一样想带到哪里就带到哪里，她们于其中虽然挣扎扑腾，可是从不分离，她们是两粒抱在一起的沙子。

姐　姐

我一直想写写姐姐,她十七岁时的样子。她是普天下所有男孩儿的姐姐,也曾面目姣好,身形窈窕。我看见她从远古的地方走来,穿着布衣或锦衫,她的发髻旁也会插着一朵白色的栀子花吗?她走在不拘哪个朝代的街道上,总有男人的目光落在她的身上。才十七岁,胸脯饱满,屁股也是翘翘的。

男人的目光就落在这些部位上。

这些男人,多年前也曾做过弟弟的;多年前,当他们的姐姐也在十七岁的时候,他们是看不到这些的;他们非但看不到,还不允许别的男人看到;他们常常告诫自己的姐姐:不要这样,不要那样。

没事不要总趴在绣楼上。

走路时不要东张西望。

家里来了男客,要懂得回避。……

他们跟姐姐说这些的时候,似乎有点不大好意思,所以越发要板起面孔,或是背手踱上两步,那样子就像一个成年人。他们一边说,一边还要打探姐姐,因为不放心,不晓得自己该不该这样说。那么这个做姐姐的,同时也在打量他;她懒洋洋地倚在廊柱上,双手抱胸,以那样一种玩味的、居高临下的样子看他。她简直不能相信,小屁孩儿一个,开裆裤才脱了几天呢,就跟她说这些个!

她的反应起先是吃惊,后来就忍不住想笑;她又羞又恼,又不好意思笑,所以就抿着嘴唇,用那样一种怪诞的、饶有趣味的目光看他。男孩儿哪儿禁得起这样看,胡乱搭讪两句,或是"嗨"一声,跺一下脚,就掉头跑了。

姐姐看着男孩儿的背影,很多年后她一定会记得这背影,记得他跟她说话时的腔调,稚嫩,鲜亮,还没变声呢,他怎么就晓得这些呢？岂不知他竟是晓得的；他虽然懵懂，却有一种本能：世上但凡姐姐都需要保护。因为再隔一些年头，他也是要长成男人的，所以对男人的那点小心思，他竟能略早体察，这皆是为姐姐故。

这层意思，姐姐是懂得的；可是这番好意，姐姐却不能接受。没法子啊，姐姐已经十七岁了，她的身体已经蓬勃，心思像野草一样疯长，她即便管得住自己的心，也管不住自己的手脚。她是有事没事必得往街上跑的。

你看到没有，她朝我们走来了，她穿着夏日的裙衫，趿着拖鞋。或许是午睡刚醒，她有些蓬头垢面的，她站在家门口，打了个哈欠，又伸了个长长的懒腰，实在想不起自己该干些什么，就决定去巷口的小卖店买几颗水果糖含含。她一边走，一边东张西望的，把脚踩着石板路叮咚作响，老实说，是没半点斯文相的。

她之所以东张西望的，乃是对这世上的一切，都有着新鲜和好奇。她抬头看一眼绿树，觉得是好的；低头踢一下石子，也觉得欢喜；她的天性实在是很开朗的，有时走着走着，她差不多就要微笑了，至于为什么笑，她却是不知道的，似乎她整个身心，都沉浸在一种不可知的甜蜜里；可能她都没意识到自己在笑。

若是看到熟人，她总不免要打声招呼；若是看到狗，她也是一样的。那狗躺在门洞里，她就凑上前去，弯腰摸摸它的头，或是一边走，一边回头招手，嘴里"咄咄"引逗。

她慢慢地蹲下来，在一团树影底下。这时你必猜着了，她是在捡蝉蛹，或是一片树叶。她仔细地端详着树叶，清晰的纹路，叶汁饱满。夏日的阳光突然盛开，在刹那间，简直使她受了一点小惊吓。多年以后，那个做弟弟的一定会记得他十七岁的姐姐，她茫然抬起头的那一瞬间，光阴整个把她照亮；她手搭凉棚，细细眯起了眼睛；原来是微风渐起，吹开了树影，使得阳光更加明亮了。

那天晌午，弟弟也在巷口，跟几个小孩

儿在玩"官兵捉贼"的游戏,他浑身尘土,脸上汗渍淋漓的。在姐姐长大成人的那些日子里,他实在是很忙碌的。他一边要顾着自己玩耍,一边还要照看姐姐,他生怕她上了坏男人的当,被人调戏、诱奸,或是被拐子带走;人世的所有艰险,他都代姐姐想到了。他是有点无事忙的。

无事忙的特征就在于,在他还不明白什么叫调戏、诱奸,在他弄清楚拐子为什么要带走他姐姐之前,他已经替姐姐担心了。所以这担心是必然的,它自古以来就藏在每个男孩儿的心里,在他们出世以前,这担心就在了。大约在这时,他们心中有一个模糊的意识,这世界原是男女的,在他们认识旁的女人之前,他们已经认识了姐姐,或是他们的母亲、姑姑、堂姊、表妹……为了表达上的方便,权且都把她们称作姐姐吧。

他们和姐姐日常相处,从小就和她们耳鬓厮磨。从小,她就替他把屎把尿,背着他东家逛逛、西家瞧瞧。但凡有好吃的,她必是省下来给他的,谁叫她是姐姐呢。她教他认字唱儿歌,百般无奈之下也会给他讲故事。可是她的口才实在太差了,无外乎就是大灰狼小白兔,几个为什么问下来,她就磕绊了,笑了,或有翻个身就睡的。家有弟弟着实很辛苦,可她不觉得这是辛苦的,因为在她的身外,凡事都能引起她的兴趣:街上的人,店铺里的东西,田野里不知名的小花,山坡上正在吃草的牛……她被这些所吸引,难免就忘了弟弟,直到弟弟的啼哭把她唤醒,她又忘了其他。她实在是顾此失彼的。

这世上凡是做弟弟的,都见证了姐姐的成长。那仿佛是一瞬间的事,就像头天晚上,她还是个吸溜鼻涕的邋遢女童,第二天醒来,她已蜕变成一个洁净少女。从此以后,就连弟弟这样的蒙昧孩童,都能看见他姐姐脸上的光泽,闻见她身上的芳香。那是一种说不出来的香气,口腔里有水果糖的香气,刚洗完的头发里有槐树花的芬芳……这各式香气混杂在一起,就成了姐姐香。

这世上只有弟弟才能闻得见这香气，青颜色的，像雨后的森林，风吹来植物的气息；像夏日的傍晚，他刚洗完澡手脚的清净温凉；像一生的午睡醒来，无缘故他突然闻见童年时的松子儿香，遥远的，刺鼻的……害得他"啊啊"直想打喷嚏，假若他不能控制自己的泪下腺，不由自主地，他也会涕泪交流。

他涕泪交流，不为别的，只因他老了，老到老眼昏花，这时他就与童年走得近了。

这时候，他就常常看见姐姐，在十七岁的季候里，她俏丽地走着路。她的身后是曲折的巷道，一些人家。参差的屋顶上几只烟囱，一只狸花猫围着烟囱转来转去的……姐姐先是身处这些静物当中，然后慢慢地，她就从静物里凸现了。

姐姐既是前景，她的面庞也就越发清晰了：紧俏的眉眼，神情严肃；喜欢皱着眉头，偶尔也会咯咯傻笑；喜欢啃手指头，眼睛瞄儿瞄的，似乎在想什么事儿，其实心思全无;她体态也好,好就好在自然,全无心肝;走路摇摇晃晃的,东张张,西瞧瞧——这是在没有男人的情况下。

假若巷子里突然晃出个适龄男子,她就是另一副样子了——至少在弟弟看来——她走起路来便花摇柳颤的;弟弟见了,难免要为她害臊,她弄出这个样子干什么呢!他是既有点纳闷,又隐隐生气的。他忙里偷闲从地上爬起来,决定要过问一下此事,便拿起一根树枝,朝姐姐咿咿呀呀地冲过来,"叭"的一声打在她脚前,说:"呔——呔——哪里去?"学戏文里的念白。

姐姐跳了一下,顺势把手塞进他的脖子里,说:"买糖吃不吃?"

弟弟一听说有糖吃,重新冲回小朋友群中,等着姐姐给他送糖吃;他一边玩,一边侧头看姐姐,毕竟"官兵"也是人,此时已丧失了对贼的兴致,突然变得很想吃糖果。不远处的杂货店门口,姐姐倚着树干,正和一个陌生男子说着什么。她的情绪有些起伏不定，时而静静的，时而笑得前仰后合的，时而低下头，眼角儿那么一瞟，脸上便有些连嗔带笑的……弟弟便又重新捡起树枝，再次冲过去。

他把树枝当马骑，卷起一路风尘，不由分说就跑到姐姐跟前。

姐姐皱眉看了看他，那样子是很嫌弃的，说："干吗呀，脏死了！"

男孩儿也生气了，伸出手来要糖吃。

姐姐不理他，继续和男子说话；男孩儿一边打量着男子，一边拿屁股撞姐姐。

男子朝杂货店走去，弟弟把树枝"倏"地挡到他面前，瞪目说道："不要你买！"

那个做姐姐的便有些下不来台，朝男子笑道："你不跟他计较。"

男孩儿转头向姐姐，厉声道："不要跟他说话！"

姐姐再也忍不住了，拎起男孩儿的耳朵，亦不跟男子告别，径自往家里走去。很多年后，男孩儿还记得他怎样在姐姐的手心底下,像小鹿一跳一跳的。他哭了。

姐姐也哭了,到了家里,把他朝大人面前一掼,说:"你们问他去!叫他说!"

男孩儿说不出个所以然来,却哭得越发理直气壮了;因为他没有吃到糖;没有人晓得他的良苦用心——没有人晓得的:家有姐姐实在是件麻烦事。他哭得很伤心,把个身子团着,像小虫子蜷缩在墙角,委屈得不时要噎气;不免觉得,姐姐的心不在他身上了,姐姐大了,心就野了;哭了一会儿,他就忘了,又跑出去玩了。

大约就是从这时起,男孩儿心有所动,不再玩"官兵捉贼",而是玩"捉姐姐";实在是,后者比前者有趣多了;因为官兵和贼是虚设的,而姐姐和男人的苟且总是真的。

男孩儿的建议既出,得到了更多男孩儿的响应,因为大凡男孩儿都有姐姐,没有姐姐的也会制造姐姐;他们互相帮衬,滴血为盟,排兵布阵开始跟踪姐姐的行踪,操心姐姐的安全，而这一切中最叫他们激动的，无疑是为姐姐冲锋陷阵、打架斗殴。

这是世上最懵懂、最痴情的一个群体——他们对姐姐的情谊是他们自己都不知晓的，无从分析，愈理愈乱，这是人世的隐秘。他们没有志向，在那短暂的两三年里，姐姐成了他们唯一的理想。她近在眼前，有时却远得如同梦想；男孩儿们隐隐有一种预感，姐姐将逐渐消失，不消几年，她将离他而去，成为别的什么人；到那时，她仍是姐姐；可是到那时，她首先是那些八杆子打不着的什么人的妻子、母亲、祖母……她也许长命百岁，可是单纯作为一个姐姐，她早已消亡。

原来这世上，凡是姐姐都不久长。

这是一段混乱的日子，街上到处都是男孩儿的身影，因为姐姐总是外出招摇，自顾自走着，就像路边的一棵小白杨，一俟有男人的目光落在她们身上，她们便会摇一摇！做弟弟的只能长叹一口气，这姑娘既没脑子，又少情义，她现在一颗心全转到外人身上，他们既奈何不得，少不得还要替她们负责。

他们常常跟随自己的姐姐，生怕她受欺上当；一旦看到路边有小混混向姐姐吹口哨，他们便恨得牙痒痒，以为这样就亵渎了她！也有一些男人，单是把目光落在姐姐身上，一脸暧昧的笑容，男孩儿见了，简直心如刀绞，姐姐怎么能被人这样看呢？她是世上最圣洁的存在，可是你看那些男人的笑容，异样的，不洁的，男孩儿觉得如鲠在喉。

有一天，男孩儿看见姐姐在哭，她一个人躲在暗处，显见不愿意让别人瞧见。男孩儿走上前去，只问了一句："说吧，谁又欺负你了？"

姐姐吓了一跳，回身一看却是弟弟，也没当回事儿，只嘱咐了一句："不要告诉大人！"又继续哭自己的。

男孩儿再说："谁欺负你了？"

这下姐姐噤声了，转过身来打量着弟

弟，泪眼蒙眬中只看见一个小不点儿，虎头虎脑地站在她脚前，他一脸严肃，神情凝重，俨然一个小大人。姐姐突然一阵孩子气发作，扤了个蹶子，说："不要你管！"扑到床头号啕大哭。

男孩儿掉头就走，走到门口却又停下了，抬头看着空气说："那些不三不四的人，以后少来往，现在合家老小为你操碎了心，你好歹也得替我们想想。"

姐姐"嘿"了一声，不由得又惊又气，他什么意思？也敢跟她说这些！这完全不是一个小孩子的话，想必是他从大人那儿照葫芦画瓢搬来的，天哪，一家人把她当什么了？背着她不知怎样瞎嚼蛆！她也没脸活了！她跳下床来，想捉住弟弟扁一顿，弟弟撒腿就跑，这一跑，又把他跑回了一个小孩子。

弟弟虽然怨姐姐，一边仍要为她出头出气，他不知道是谁惹恼了姐姐，看样子，家族以外的所有男子都有嫌疑，弟弟对这些人早就有着隐隐的恨意,大约也知道,在不久的将来,他们中总有一人会把姐姐带走,使她成为别家的人。

天底下竟有这样不讲理的事,好不容易养大一个姑娘,竟是为别人家养的!弟弟有些气不过。大人便跟弟弟说:"那你将来娶一个回来就是啰!"

弟弟说:"我不要。"

大人便问为什么。

弟弟说:"没多大意思。"

一家人忍不住要笑,弟弟觉得很懊恼。他没法使大人明白他的感情,他爱他们每一个人,再也分不出多余的给外姓人。照他看来,这个家已经很完整了,老人小孩儿,说说笑笑,实在是,多一人硌得慌,少一人则叫人惆怅。弟弟希望时间永停留,姐姐定格在她的十七岁,最好嫁不掉。弟弟不喜欢分离。

然而时间只管走它自己的,这一晃两年过去了,姐姐整天闲逛,确实没把自己嫁出去,可是大人们却犯愁了。这两年发生了多少事啊，先是哥哥成亲了，新嫂子能言善道，像喜鹊一样聒噪，弟弟起先是认生，末了倒是听不见她的笑声便有些不安生似的。再后来，小侄儿出生了，一家人的话题从此就围绕这小孩子了。

有一天，家里发生了一件猝不及防的事，太爷爷死了。太爷爷活了九十二岁，他是晒着太阳死的。那天中午，他正在跟弟弟说话，后来渐渐没了声气，弟弟推他一下，他整个人就倒下了。这以后的很多天，弟弟都如同梦游，也常常一个人晒太阳，特意找来太爷爷坐过的板凳，他拿手抚着板凳，脑子里痴痴傻傻的全是阳光。

那天晌午，弟弟一个人坐了很久很久，他抬头看着院子，知道这儿是他的家，不断地有新人进来，旧人离去，地老天荒，一代一代流传。弟弟想，姐姐的嫁人也该提上日程了。

确实是，这两年姐姐越发让人头疼了。她似乎总在冒傻气，虽然长着一副机灵相，实则心里全没算计。说她没算计吧,她整天把眼睛眨巴眨巴的,小心思又多得很,而且全不掩饰,哭哭笑笑那是常有的事,委实有点神经不正常。

身边倒是有一些适龄男子,也常来家里走走,借故跟弟弟搭讪几句。弟弟对他们没多大兴致,走进屋里跟姐姐说:"有人来找你了。"

要搁以前,弟弟必是寸步不离他们左右,防着他们犯错误,可是现在,弟弟说完这一句,就走开了。

弟弟现在有点害羞。大人们奇怪地发现,这小孩儿似乎安静了些,不再像从前那样闹哄哄的。而且这一阵,门庭也清静了,因为上门告状的少了,大人们都有点不太适应了。姐姐也直纳闷,跟大人说:"咦,警察好像退休了。"

从前,弟弟被称作是家里的警察,他是什么事都得管,尤其负责男女关系,大概在他小男孩儿的心里,"姐姐"是这世上的弱势群体。有一阵子，姐姐实在是烦他烦得要死，他随处可见，总是出现在合适的时间和地点，就连站在路边跟男的说句话，他也能领着一群小孩儿围着他们横冲竖撞，假装捉迷藏。

他的糗事实在太多了，朝人吐唾沫，骂人小妇养的，打弹弓，砸玻璃窗，拔气门芯……一切皆由姐姐引起。他小小的身量，又机灵，抱着一个宗旨：打得过就打，打不过就逃。打得过的居多，被打的人总想，到底是小孩儿，拳头砸在身上又不疼又不痒，而且也没法跟他计较，没准儿是未来的小舅子；只觉得好笑。

姐姐很是气恼，骂他两句吧，他便眼泪汪汪的，而且有话等着你。你猜他怎么说："你满脑子浆糊，又不识人的。活该你受罪。"

很多年后，姐姐犹记得这句话，把它放在脑子里过一过，那样一个童稚的声音，回想起来真是吓人的：它预言了她整个的一生。很多年后，当姐姐经历了一番沧桑，年轻时代的良辰美景都不算了，不算了，那些曾被她视为一生一世的东西，如今回头看，只落了个"白茫茫大地一片真干净"！

倒是她原初的那个家：庭院，闺房，父母，兄弟；炊烟袅袅；老人们在讲古，在一个夏天的午后，地下树影幢幢……在那个午后，在那个午后，日光昏沉，日光昏沉，姐姐突然看见了自己：青涩，鲜亮，红颜，皓齿。就是这个形象，穿过漫长、暗寂的一生，像彗星一闪，倏地把她的风烛残年照亮；就是这个形象，身后站着一家子人，老的，小的，骨血相连。这样一个少女的形象，袅袅婷婷，苍白含糊，她来自远古，流转于每一代姐姐身上，才十七岁，在被爱情找着之前，正和亲人一起，体验着较之爱情更为久远深长的、堪称海枯石烂的感情，所有的姐姐都将感泣于它，只是要待韶华已逝时。

关于这一点，弟弟后来不认账了，每当大人讲起他小时候如何为着姐姐淘气、闯祸，弟弟真是难为情的：我的天，有这回事儿？真是万恶得很！什么乱七八糟的！因之,他一边听大人讲,一边也觉得新鲜,脸上现出痛苦的表情,一边又笑:"不可能!尽瞎说!"

此时弟弟正在变声,粗嘎嘎、毛茸茸的男声,自己听着都怪异,像喉咙里含着一口痰,弟弟不停地要咳嗽。这大概是弟弟一生中最别扭的时期,清晰、好静、善感、多思,一样样都不是他的本性。他成熟得不像他的年龄。

而此时,姐姐则成了全家的中心,她正处在好时节,却成了大人们的一块心病,私下里说起她,谁都要叹气:这事得抓紧了,搁家里总归是麻烦。

弟弟表达了两点意见:第一,得找个好人家的子弟,要真心对她好的;第二,这事是得抓紧,但急不得,对方的人品、性格需多方打听打听,要暗地里使劲儿,不能让她知道,否则又得跟家里闹。

说这话时,弟弟不自觉地,是把自己当成姐姐的家长了。他那从容、笃定的态度,仿佛伸手一指,说一声"你去吧",这就安置了这姑娘。

随着弟弟的长大成人,姐姐身上的光环逐渐消失了,仅成了一个现实的存在。没错,她是处在好年华,可是弟弟已经看不见了。整一个夏天,他躲在屋子里,一坐就是大半天,脑子里空荡荡的,什么也没有,那感觉就像老僧入定。弟弟自己也不放心,拿手碰碰胳膊,汗津津的,也有温度。他困惑得要命。

大人们都笑,问弟弟:可是在思考人生问题?

若是得不到回答,就有人代他说话了:才不,弟弟喜欢孤独。

弟弟笑笑,懒得理会,他知道人家是在开涮他。可是此时的他,仿佛是经过一整夜深熟的睡眠,于大清早突然睁开眼睛,那一瞬间,看得见曙光,知道新的一天就要开始,可是并不知道自己在哪里,只觉得天地混沌,又疑心自己是在梦里。

姐姐终于订婚了，未来的姐夫瘦瘦小小，头发梳得油光光的，见人三分笑，最是个小甜嘴。弟弟不明白，姐姐怎么会看上这么一人，从前错过多少好的，哭过，闹过，分分合合，那叫一个折腾！

也许是，姐姐嫁给谁并不重要，重要的是她出嫁了，他替她惋惜，不出嫁，他又着急！他对于姐姐的恋爱也是这样，不知为何，总有点不好意思，姐姐又丝毫不避讳的，当着全家人的面，和男朋友吵吵闹闹，撒娇，耍小性，声音嗲得不像话。弟弟撇了撇了嘴，心里想，谈恋爱能把人谈成这样，岂不是咄咄怪事！

总之，姐姐整个的就使人难堪，可是她也有爽心悦目时。夏天的傍晚，一个人骑着自行车穿街走巷，把铃铛摇得叮当响，麻花辫粗又长，随意一挽扣在头上，穿一件白衬衫，颈项长长的。骑到一个水果摊前，把脚那么一支，这就停了下来，一只手扶着车把，一只手够到水果里摸摸拣拣，那样子是很潇洒的。

或者,她把车停在巷口,整个人就坐在车座上,很惬意的,她在等一个人,不时要回头看看,趁这间歇,伸伸胳膊伸伸腿,做几个体操动作,腰杆挺得笔直。

另有一种时候,她和男朋友漫步街头,她这个人整个就不贤淑,走着走着,把膝盖一屈,朝男朋友的腿弯处抵去,那男的紧跑两步,姐姐落了个空,两人笑作一团,难免一番撕扯,这时弟弟恰好从他们身边经过,很愉快地做了个鬼脸,骂一声:我的妈哎,两个神经病!

这才是他的姐姐,纯洁,美好,坦荡,一个娇憨的姑娘,而且常常忘了自己是姑娘;她的恋爱也就止于和男朋友打打闹闹,你踹我一脚,我踢你一下;他们最应该走在春天的季候里,满腔满腹都是栀子花的气味,抬眼看着前方,并不怎么交流,可是眼睛弯弯的,笑吟吟的脸上全写着内容。

当然了,姐姐必做不到如此斯文,冷

不防她就会咯咯笑出声来，问她为什么笑，她也不知道。实在忍不住了，她就会跑向墙角，假装是去闻花香，实则是笑得身子直发抖，再问她为什么笑，她会说，我喜欢。

弟弟对姐姐的记忆就停在这里，停在她的未嫁时：春天，恋爱，少女。这记忆里若是顺带一两个男子，这里头一定不会有姐夫！

弟弟有心找姐姐聊聊，姐夫是个怎样的人？拿得准吗？想来想去都难开口，毕竟，都不是小孩子了，而且时间也不凑手。

这一阵子，弟弟又忙碌开了，在经过短暂的蛰伏之后，他到底坐不住了，决定上街看看去，这一看不得了，把他吓了一跳，怎么满大街全是姑娘！弟弟搞不懂这是怎么回事儿，从前，他的眼睛能看见一切：好吃的，好玩的，刀枪棍棒，打打杀杀，他也能看见姐姐，主要是盯着姐姐的那些坏小子，他就是看不见姑娘。

是了，弟弟从前也能看见姑娘，但是他从来没把她们当作姑娘，她们都是姐姐，姐姐自然也是姑娘,可是此姑娘不是彼姑娘。

弟弟昏头昏脑地回家了,他觉得烦恼,心里痒痒的像是爬满无数的小虫子,又无从挠,只好怪叫一声,纵身一跃,向空中翻了个跟斗。这是一种很奇妙的感觉,新鲜,慌乱,害怕,弟弟不知道怎么办才好。

第二天,弟弟战战兢兢地又来到大街上,满大街的姑娘啊,个个都很生俏,走起路来摇曳生姿,脸上泛出动人的光;弟弟先是探头探脑,后来索性倚在一棵老树旁,抱胸,别腿,装作一副很倜傥的模样,因为他发现,这些姑娘需要他的目光,偶尔也会回头朝他笑笑,跟他一样害羞、胆怯,弟弟这才放下心来,快活地尖起嘴唇,对着她们吹了一声长长的呼哨,同时也知道,这一声呼哨显得那样的不端庄,他既羞愧又欢喜!

从此以后,弟弟一发不可收拾,一个猛子就扎进这个群体里,开始了他的荒唐岁月,或使人哭,或使人笑,他自己也会哭哭笑笑。在以后漫长的时间里,弟弟的苦恼之一,就是新一代姐姐身后,总是跟着一群小尾巴,他们碍手碍脚的,从孩提时代起,便自动、深情地担负起护卫姐姐的责任,并把这种责任维系了一生。

而弟弟自己,每当姐姐回家省亲,他总会不放心地问一声:"怎么样,他对你还好吗?"他要使姐姐明白,他是站在她的身后,他对她意义非常,在此时此地,他是她的出生地、她的少女时光,再不济也是她最后的庇护所,他是她最初、也是最后的家啊,这世上一切都会枯朽,唯有她还是从前的那个少女。

大老郑的女人

一

算起来,这是十几年前的事了。

那时候,大老郑不过四十来岁吧,是我家的房客。当时,家里房子多,又是临街,我母亲便腾出几间房来,出租给那些来此地做生意的外地人。也不知从哪一天起,我们这个小城渐渐热闹了起来,看起来,就好像是繁华了。

原来,我们这里是很安静的,街上不大看得见外地人。生意人家也少,即便有,那也是祖上的传统,习惯在家门口摆个小摊位,卖些糖果、干货、茶叶之类的东西。本城的大部分居民，无论是机关的，工厂的，学校的……都过着闲适、有规律的生活，上班，下班，或有周末领着一家人去逛逛公园，看场电影的。

城又小。一条河流，几座小桥。前街，后街，东关，西关……我们就在这里生活着，出生，长大，慢慢地衰老。

谁家没有那些陈芝麻烂谷子的事，说起来都不是什么新鲜事，不过东家长西家短的，谁家婆媳闹不和了，谁离婚了，谁改嫁了，谁作风不好了，谁家儿子犯了法了……这些事要是轮着自己头上，就扛着，要是轮着别人头上，就传一传，说一说，该叹的叹两声，该笑的笑一通，就完了，各自忙生活去了。

这是一座古城，不记得有多少年的历史了，项羽打刘邦那会儿，它就在着，现在它还在着；项羽打刘邦那会儿，人们是怎么生活的，现在也差不多这样生活着。

有一种时候，时间在这小城走得很慢。

一年年地过去了,那些街道和小巷都还在着,可是一回首,人已经老了。——也许是,那些街道和小巷都老了,可是人却还活着:如果你不经意走过一户人家的门口,看见这家的门洞里坐着一个小妇人,她在剥毛豆米,她把竹筐放在膝盖上,剥得飞快,满地绿色的毛豆壳子。一个静静的瞬间,她大约是剥累了,或者把手指甲挣疼了,她抬起头来,把手摔了摔,放在嘴唇边咬一咬,哈哈气……可不是,她这一哈气,从前的那个人就活了。所有的她都活在这个小妇人的身体里,她的剥毛豆米的动作里,她抬一抬头,摔一摔手……从前的时光就回来了。

再比如说,你经过一条巷口,看见傍晚的老槐树底下,坐着几个老人,有一搭无一搭地聊着什么。他们在讲古诚。其中一个老人,也有八十了吧,讲着讲着,突然抬起头来,拿手朝后颈处挠了几下,说,日娘的,你个毛辣子。

多少年过去了,我们小城还保留着淳朴

的模样,这巷口,老人,俚语,傍晚的槐树花香……有一种古民风的感觉。

另一种时候,我们小城也是活泼的,时代的讯息像风一样地刮过来,以它自己的速度生长,减弱,就变成我们自己的东西了。时代讯息最惊人的变化首先表现在我们小城女子的身上。我们这里的女子多是时髦的。不记得是哪一年了,我在报纸上看到,广州妇女开始化妆了,涂口红,搽眼影,一些窗口单位如商场等还做了硬性规定,违者罚款。广州是什么地方,可是也就一年半载的工夫,化妆这件事就在我们这里流行起来了。

我们小城的女子,远的不说,就从穿列宁装开始,到黄军服,到连衣裙,到超短裙……这里横躺了多少个时代,我们哪一趟没赶上?

我们这里不发达,可是信息并不闭塞。有一阵子,我们这里的人开口闭口就谈改革,下海,经济,因为这些都是新鲜词汇。

后来,外地人就来了。

外地人不知怎么找到了我们这个小城，在这里做起了生意，有的发了财，有的破了产，最后都走了，新的外地人又来了。

最先来此地落脚的是一对温州姐妹。这对姐妹长得好，白皙秀美，说话的声音也温婉曲折，听起来就像唱歌一样。她们的打扮也和本地人有所区别，谈不上哪有区别，就比如说同样的衣服穿在她们身上，就略有不同。她们大约要洋气一些，现代一些；言行淡定，很像是见过世面的样子。总之，她们给我们小城带来了一缕时代的气息，这气息让我们想起诸如开放、沿海、广东这一类的名词。

也许是基于这种考虑，这对姐妹就为她们的发廊取名叫作"广州发廊"。广州发廊开在后街上，这是一条老街，也不知多少年了，这条街上就有了新华书店，老邮局，派出所，文化馆，医院，粮所……后来，就有了这家发廊。

这是我们小城的第一家发廊。起先，

谁也没注意它,它只有一间门面,很小。而且,我们这里管发廊不叫发廊,我们叫理发店,或者剃头店。一般是男顾客占多,隔三差五地来理理发,修修面,或者叫人捏捏肩膀、捶捶背。我们小城女子也有来理发店的,差不多就是洗洗头发,剪了,左右看看就行了。那时,我们这里还没有烫发的,若是在街上看见一个自来卷的女子,她的波浪形的头发,那真是能艳羡死很多人的,多洋气啊,像个洋娃娃。

广州发廊给我们小城带来了一场革新。就像一面镜子,有人这样形容道,它是一个时代在我们小城的投影。仅仅从头发上来说,我们知道,生活原来可以这样,花样百出,争奇斗艳。是从这里,我们被告知关于头发的种种常识,根据脸形设计发型,干洗湿洗,修护保养,拉丝拉直,更不要说烫发了。

等我知道了广州发廊,已经是两三年以后的事了。有一天放学,我和一个女同学过来看了,一间不足十米见方的小屋子里,集中了我们城里最时髦漂亮的女子,她们取号排队,也有坐着的,也有站着的,或者手里拿着一本发型书,互相交流着心得体会……我有些目眩,到底因为年纪小,胆怯,趸在门口看了一下就跑出来了。

我听人说,广州发廊之所以生财有道,是因为不单做女人的生意,就连男人的生意也要做的。做男人的生意,当然不是指做头发,而是别的。这"别的",就有人不懂了,那懂的人就会诡秘一笑,解释给他听:这就是说,白天做女人的生意,夜里做男人的生意。听的人这才似懂非懂,恍然大悟,因为这类事在当时是破天荒的,人的见识里也是没有的。因此都当作一件新奇事,私下里议论得很有劲道。

倘若有人怀疑道,不可能吧?派出所就在这条街上……话还没说完,就会被人"嘻"的一声打断道,派出所?怎见得派出所里就没她们的人?说着便一脸的坏笑。或者由另外的人接话道,你真是不灵通,现在都什么年代了,这事在广东那边早盛行了。

大老郑是在后些年来到我们小城的,他是福建莆田人,来这里做竹器生意。当时,我们城里已经集聚了相当规模的外地人,就连本城人也有下海做生意的,卖小五金的,卖电器的,开服装店的。

广州发廊不在了,可是更多的发廊冒出来,像温州发廊、深圳发廊……这些发廊也多是外地人开的,照样门庭若市。那温州两姐妹早走了,她们在这里待了三四年,赚足了钱。关于她们的传言没人再愿意提起了,仿佛它已成了老皇历。总之,传言的真假且不去管它,但有一点却是真的,人们因为这件事被教育了,他们的眼界开阔了,他们接受了这样一个现实。一切已见怪不怪。

大老郑租的是我家临街的一间房子。后来,他三个兄弟也跟过来了,他就在我家院子里又加租了两间房。院子里凭空多了一户人家,起先我们是不习惯的,后来就习惯了，甚至有点喜欢上他们了，因为这四兄弟为人正派乖巧，个性又各不一样，凑在一起实在是很热闹。关键是，他们身上没有生意人的习气，可什么是生意人的习气，我们又一下子说不明白了。

就说大老郑吧，他老实持重，长得也温柔敦厚，一看就是个做兄长的样子。平时话不多，可是做起事来，那真是既有礼节，却又不拘泥于礼节，这大概就是常人所说的分寸了。当年，我家院子里种了一株葡萄，长得很旺盛，一到夏天，成串的葡萄从架子上挂下来，我母亲便让大老郑兄弟摘着吃。或者她自己摘了，洗净了，放到盘子里，让我弟弟送过去。大老郑先推让一回，便收下了；可是隔一些日子，他就瓜果桃李地买回来，送到我家的桌子上，又会说话，又能体贴人，说的是：是去乡下办事，顺便从瓜田里买回来的，又新鲜，又便宜，不值几个钱的，吃着玩吧……一边说，一边笑，仿佛占了多少便宜似的。

他又是顶勤快的一个人。每天清晨,天蒙蒙亮就起床了,开门第一件事就是扫院子,又为我家的花园浇浇水,除除草……就像待自己家里一样。我奶奶也常夸大老郑懂事,能干,心又细,眼头又活……哪个女人跟了他,怕要享一辈子福呢。

大老郑的女人在家乡,十六岁的时候就嫁到郑家了,跟他生了一双儿女。我们便常常问大老郑,他的女人,还有他的一双儿女。大凡这时候,大老郑总是要笑的,不说好,也不说不好……总之,那样子就是好了。

我们说,大老郑,什么时候把你老婆孩子也接过来吧,一起住一段。

大老郑便说好,说好的时候照样还是笑着的。

有很长一段时间,我们都信了大老郑的话,以为他会在不经意的某天,突然带一个女人和两个少年到院子里来。尤其是我和弟弟,整个暑假慢而且昏黄,就更加盼望着院子里能多出一两个玩伴,他们来自遥远的海边，身体被晒得黝黑发亮，身上能闻见海的气味。他们那儿有高山，还有平原，可以看见大片的竹林。

这些，都是大老郑告诉我们的。大老郑并不常提起他的家乡，我们要是问起了，他就会说一两句，只是他言语朴实，他也很少说他的家乡有多好，多美。但是，不知为什么，我的眼前总浮现出一幅和我们小城迥然不同的海边小镇的图景，那儿有青石板小路，月光是蓝色的，女人们穿着蓝印花布衣衫，头上戴着斗笠，背上背着竹筐……和我们小城一样，那儿也有民风淳朴的一瞬间，总有那么一瞬间，人们善良地生活着，善良而且安宁。

我不知道，我为什么会有这样的想象，也许这一切是缘于大老郑吧。一天天的日常相处，我们慢慢对他生出了感情，还有信任，还有很多不合实际的幻想。我们喜欢他。还有他的三个弟弟，也都个个讨人喜欢。就说他的大弟弟吧，我们俗称二老郑

的,最是个活泼俏皮的人物,又爱说笑,又会唱歌。唱的是他们家乡的小调:

　　姑娘啊姑娘
　　你水桶腰　水桶腰

腔调又怪,词又贫,我们都忍不住要笑起来。有一次,大老郑以半开玩笑的口吻,托我母亲替他的这个弟弟在我们小城里结一门亲事,我母亲说,不回去了?大老郑笑道,他们可以不回去,我是要回去的,是有老婆孩子的人呢。

大老郑出来已有一些年头了,他们莆田的男人,是有外出跑码头的传统的。钱挣多挣少不说,一年到头是难得回几次家的。我母亲便说,不想老婆孩子啊?大老郑挠挠腮说道,有时候想。我母亲说,怎么叫有时候想?大老郑笑道,我这话错了吗?不有时候想,难道是时时刻刻想?我母亲说,那还不赶快回去看看。大老郑说,不回去。我母亲说,这又是为什么?大老郑笑道,都习惯了。他又朝他的几个兄弟努努嘴,道,这一摊子事丢给他们,能行吗?

大老郑爱和我母亲叨唠些家常。这几个兄弟,只有他年纪略长,其余的三个,一个二十六岁,一个二十岁,最小的才十五岁。我母亲说,书也不念了?大老郑说,不念了,都不是念书的人。我母亲说,老三还可以,文弱书生的样子,又不爱说话,又不出门的。大老郑说,他也就闷在屋子里吹吹笛子罢了。

老三吹得一手好笛子,每逢有月亮的晚上,他就把灯灭了,一个人坐在窗前,悠悠地吹笛子去了。难得有那样安静惬意的时刻,我们小城仿佛也不再喧闹了,变得寂静,沉默,离一切好像很远了。

有一阵子,我们仿佛真是生活在一个很远的年代里,尤其是夏天的晚上,我们早早地吃完了饭,我和弟弟把小矮凳搬到院子里,就摆出乘凉的架势了。我们三三两两地坐着,在幽暗的星空底下,一边拍打着蒲扇,一边听我父母讲讲他们从单位听来的趣闻,或者大老郑兄弟会说些他们远在天边的莆田的事情。

或有碰上好的连续剧,我们就把电视机搬到院子里,两家人一起看;要是谈兴甚浓的某个晚上,我们就连电视也不看的,就光顾着聊天了。

我们说一些闲杂的话,吃着不拘是谁家买来的西瓜,困了,就陆续回房睡了。有时候,我和弟弟舍不得回房,就赖在院子里。我们躺在小凉床上,为的就是享受这夏夜安闲的气氛,看天上的繁星,或者月亮光底下梧桐叶打在墙上的影子;听蛐蛐、知了在叫,然后在大人切切的细语中,在郑家兄弟悠扬的笛声和催眠曲一样的歌声中睡去了。

似乎在睡梦之中,还能隐隐听到,我父亲在和大老郑聊些时政方面的事,关于经济体制改革,政企分开,江苏的乡镇企业,浙江的个体经营……那还了得!——只听我父亲叹道,时代已发展到什么程度了!

我们两家人,坐在那四方的天底下,关

起院门来其实是一个完整的小世界。不管谈的是什么,这世界还是那样的单纯,洁净,古老……使我后来相信,我们其实是生活在一场遥远的梦里面,而这梦,竟是那样的美好。

二

有一天,大老郑带了一个女人回来。

这女人并不美,她是刀削脸,却生得骨骼粗大。人又高又瘦,身材又板,从后面看上去倒像个男人。她穿着一身黑西服,白旅游鞋,这一打眼,就不是我们小城女子的打扮了。说是乡下人吧,也不像。因为我们这里的乡下女子,多是老老实实的庄稼人的打扮,她们不洋气,可是她们朴素自然,即便穿着碎花布袄,方口布鞋,那样子也是得体的,落落大方的。

我们也不认为,这是大老郑的老婆,因为没有哪个男人是这样带老婆进家门的。大老郑把她带进我家的院子里,并不作任何介绍，只朝我们笑笑，就进屋了。隔了一会儿，他又出来了，踅在门口站了会儿，仍旧朝我们笑笑。

我们也只好笑笑。

我母亲把二老郑拉到一边说，该不会是你哥哥雇的保姆吧。二老郑探头看了一眼，说，不像。保姆哪有这样的派头，拎两只皮箱来呢。

我母亲说，看样子要在这里落脚了，你哥哥给你们找了个新嫂子呢。二老郑便吐了一下舌头，笑着跑了。

说话已到了傍晚，天色还未完全暗下来，从那半开着的门窗里，我们就看见了这个女人，她坐在靠床的一张椅子上，略低着头，灯光底下只看见她那张平坦的脸，把眼睛低着，看自己的脚。她大约是坐得无聊了，偶尔就抬起头来朝院子里睃上一眼，没想到和我们其中一个的眼睛碰个正着，她就又重新低下了头，手不知往哪放，先拉拉衣角，然后有点局促的，就摆弄自己的手去了。

她的样子是有点像做新娘子的,害羞,拘谨,生疏,来到一个新环境里,似乎还不能适应。屋里的这个男人,看上去她也不很熟悉,也许见过几次面,留下一个模糊美好的印象,知道他是个老实人,会待她好,她就同意了,跟了他。

那天晚上,她给我们造成了一种婚嫁的感觉,这感觉庄重,正大,还有点羞涩,仿佛是一对少年夫妻的第一次结合,这中间经过媒妁之言,一层层繁杂的手续……终于等来了这一天。而这一天,院子里的气氛是冷淡了些,大家都在观望。只有大老郑兴兴头头的,在屋子里一刻不停地忙碌着,他先是扫地,擦桌子……当这一切都做完的时候,他犹豫了一下,在离她有一拳之隔的床头坐下了。他搓着手,一直微笑着,也许他在跟她说些什么,她抬起头来看他一眼,就笑了。

他起来给她倒了一杯水。

再起来给她搬来一只放杯子的凳子。

那么下面还能做些什么呢?想起来了,

应该削个苹果吧,于是他就削苹果了。他把苹果削得很慢很慢,像在玩一样技艺。有时他会看她,但更多的还是看我们,看我和弟弟,还有他家的老四。我们这几个半大不小的孩子,就站在院子正中的花园里,一边说着玩着笑着,一边装作不经意地探头看着……隔着花园里的各种盆盆罐罐,两棵冬青树,我们看见大老郑半恼不恼地瞪着我们,他伸出一只腿来把门轻轻地挡上了。

那天晚上,这女人就在大老郑的房里住下了。原先,大老郑是和老四住一间房,后来,老四被叫进去了,隔了一会儿,我们看见他卷着铺盖从这一间房挪到另一间房,他又嘟着嘴,好像很不情愿的样子,我们就都笑了。

那天的气氛很奇怪,我们一直在笑。按说,这件事本没有什么特别可笑的地方,因为我们小城的风气虽然保守了些,可是在男女之事上,也有它开通豁达的一面。大约这类事在哪里都是免不了的,一个已婚男子,老婆又常不在身边，那么，他偶尔做些偷鸡摸狗的事也是正常的。我父亲有一个朋友，我们唤作李叔叔的，最是个促狭的人物，因常来我们家，和大老郑混熟了，有一次他就拿他开玩笑说，大老郑，给你找个女朋友吧？

大老郑便笑了，嗫嚅着嘴巴，半晌没见他说出什么来。李叔叔说，你看，你长得又好，牙齿又白，还动不动就脸红——

我母亲一旁笑道，你别逗他了，大老郑老实，他不是那种人。

可是那天晚上，我母亲也不得不承认道：这个死大老郑，我真是没看出来呢。她坐在沙发上，很笃定地等大老郑过来跟她谈一次。她是房主，院子里突然多出来一个女人，她总得过问一下，了解一些情况吧。

原来，这女人确是我们当地的，虽家在乡下，可是来城里已有很多年了。先是在面粉厂做临时工，后来不知为什么辞了职，在人民剧场一带卖葵花子。我母亲说，我们也常去人民剧场看电影看戏的，怎么就没见过你？

女人说，我也常回家的。——当天晚些时候，大老郑领女人过来拜谒我母亲，两人坐在我家的客厅里，女人不太说什么，只是低着头，拿手指一遍遍地划沙发上的布纹，她划得很认真，那短暂的十几分钟，她的心思都集中到她的手指和布纹上去了吧？大老郑呢，只是一个劲地抽着烟，偶尔，他和我母亲聊些别的事，常常就沉默了。话简直没法说下去了，他抬头看了一眼灯下的蛾虫，就笑了。我母亲说，你笑什么？

大老郑说，我没笑啊。

这么一说，禁不住女人也笑了起来。

女人就这样来到我们的生活里，成为院子里的一个成员。这一类的事，又不便明说的，大家也就睁一只眼闭一只眼的，就此混过去算了。我母亲原是极开明的，可是有一阵子，她也苦恼了，常对我父亲嘀咕道，这叫什么事啊！家妻外妾的，还当真过起小日子来了。——又是叹气，又是笑的，说，别人要是知道了，还不知该怎么嚼舌呢，以为我这院子是藏污纳垢的——

其实,这是我母亲多虑了。时间已走到了一九八七年秋天,我们小城的风气已经很开化了。像暗娼这样古老的职业都慢慢回头了,公安局就常下达"扫黄"文件,我父亲所在的报社也做过几次跟踪报道。当然了,我们谁也没见过暗娼,也不知她们长什么样子,穿什么样的衣裳,有着怎样的言行和做派,所以私下里都很好奇。我母亲因笑道,再怎么着,大老郑带来的这个也不像。我奶奶说,不像,这孩子老实。再则呢,她也不漂亮,吃这行饭的,没个脸蛋身段,那股子浪劲,那还不饿死!我父亲笑道,你们都瞎说什么呢!

总之,那些年,我们的疑心病是重了些,我们是对一切都有好奇、都要猜嫉的。那的确是个与众不同的年代吧,人心总是急吼吼的,好像睡觉也睡不安稳。一夜醒来,看到的不过还是那些旧街道和旧楼房,可是你总会感觉到,有什么东西变了,它正在变,它已经变了,它就发生在我们的生活里,而我们是看不见的。

无论如何,女人就在我家的院子里住了下来。起先,我们对她并不友善,我母亲也有点忌讳她和大老郑的姘居关系,可是她又不能赶的,一则和大老郑的交情还不错,二则呢,这女人也着实可怜,没家没道的。乡下还有个八岁的男孩儿,因离了婚,判给前夫了。

她待大老郑又是极好的,主要是勤快,不惜力气。平时浆洗缝补那是免不了的,几个兄弟回来,哪次吃的不是现成饭?还换着花样,今天吃鱼明天吃肉的,逢着大老郑兴致好了,哥几个咂二两小酒也是有的。他们一家子人,围着饭桌坐着,在日光灯底下,刚擦洗过的地面泛着清冷的光。

有时候,饭是吃得冷清了些,都不太说话,偶尔大老郑会搭讪两句,女人坐在一旁静静地笑。有时却正好相反,许是喝了点酒的缘故吧,气氛就活跃了起来。老二敲着竹筷唱起了歌,他唱着哩哩啦啦的,不成腔调,女人抿嘴一乐道,是喝多了吧?

老三说,别理他,他一会儿就好了。

两人都愣了一下,可不是,话就这么接上了,连他们自己都不提防。郑家几个兄弟都是老实人,他们对她始终是淡淡的,淡不是冷淡,而是害羞和难堪。就比如说她姓章,可是怎么称呼呢,又不能叫嫂子或姐姐的,于是就叫一声"哎"吧,"哎"了以后再笑笑。

女人很聪明,许是看出我们的态度有点睥睨,所以轻易不出门的。白天她一个人在家,她把衣服洗了,饭做了,卫生打扫了,就坐在沙发上嗑嗑瓜子,看看电视。看见我们,照例会笑笑,抬一下身子,并不多说什么。从她进驻的那一天起,这屋子就变了,新添了沙发、茶几、电视……她还养了一只猫,秋天的下午,猫躺在门洞里睡着了,下午三四点钟的太阳照下来,使整个屋子洋溢着动物皮毛一样的温暖。

有一次，我看见她在织手套，枣红色的，手形小巧而精致，就问，给谁的？织给儿子的吗？她笑道，儿子的手会有这么大？是老四的。她放下手里的活儿，找来织好的那一只放在我手上比试一下，说，我估计差不多，不会小吧？

几个弟弟中，她是最疼老四的，老四嘴巴甜，又不明事理，有一次就喊她作"姐姐"了，她愣了一下。一旁的老二老三对了对眼色，竟笑了。没人的时候，老四会告诉她莆田的一些事情，他的嫂子，两个侄儿。他们镇上，很多人家都住上小楼了，她就问，那你家呢？老四说，暂时还没有，不过也快了。

她又问，你嫂子漂亮吗？这个让老四为难了，他低着头，把手伸进脖颈处够了够，说，反正是，挺胖的。她就笑了。

她并不太多问什么的，说了一会儿话，就差老四回房，看看他二哥三哥可在。老四把头贴在窗玻璃上说，你待会儿来打扫吧，他们在睡觉。她笑道,谁说我要打扫,我要洗被子,顺带把你们的一块儿洗了。

她虽是个乡下人,却是极爱干净的,和几个兄弟又都处得不错,平时帮衬着替他们做点事情。她说,我就想着,他们挺不容易的,到这千儿八百里的地方来,也没个亲戚朋友的,也没个女人。说着就笑了起来。她的性格是有点淡的,不太爱说话,可是即便一个人在房间里坐着,房间里也到处都是她的气息。就像是,她把房间给撑起来了,她大了,房间小了。

也真是奇怪,原来我们看见的散沙一样的四个男人,从她住进来不久,就不见了,他们被她身上一种奇怪的东西统领着,服从了,慢慢成了一个整体。有一次,我母亲叹道,屋里有个女人,到底不一样些,这就像个家了。

而在这个家里,她并不是自觉的,就扮演了她所能扮演的一切角色,妻子,母亲,佣工,女主人……而她,不过是大老郑的萍水相逢的女人。

她和大老郑算得上是恩爱了。也说不上哪儿恩爱，在他们居家过日子的生活里，一切都是平平常常的，不过是在一间屋子里吃饭，睡觉。得空大老郑就回来看看，也没什么要紧事，就是陪陪她，一起说说话。她坐在床上，他坐在床对面的沙发上。门也不关。——门一不关，大方就出来了，就像夫妻了。

慢慢地，我们也把她当作大老郑的妻了，竟忘了莆田的那个。我们说话又总是很小心，生怕伤了她。只有一次，莆田的那个来信了，我奶奶对大老郑笑道，信上说什么了？是不是盼着你回去呢？我母亲咳嗽了一声，我奶奶立刻意识到了，讪讪的，很难为情了。女人像是没听见似的，微笑着坐在灯影里，相当安静地削苹果给我们吃。

也许我们不会意识到，时间怎样纠正了我们，半年过去了，我们接受了这女人，并喜欢上了她。我们对她是不敢有一点猜想的,仿佛这样就亵渎了她。我母亲曾戏称他们叫"野鸳鸯"的,她说,她待他好,不过是贪图他那点钱。后来,我母亲就不说了,因为这话没意思透了,在流水一样平淡的日子里,我们看见,这对男女是爱着的。

他们爱得很安静,也许他们是不作兴海誓山盟的那一类,经历了很多事情了,都不天真了。往往是晚饭后,如果天不很冷的话,他们就出去走走,我母亲打趣道,还轧马路?怎么跟年轻人似的。他们就笑笑,女人把围巾挂在大老郑的脖子上,又把他的衣领立起来。有时候他们也会带上老四,老四在院子外玩陀螺,他一边抽着陀螺,一边就跟着他们走远了。

或有碰上他们不出去的,我们两家依旧是要聊聊天的,说一说天气,饮食,时政。老二依在门口,说了一句笑话,我们便"喷"的一声笑了。也是赶巧了,这时候从隔壁的房间里传来了一声清亮的笛音,试探性的,断断续续的,女人说,老三又在吹笛子了。我们便屏住了声息，老三吹得不很熟练，然而听得出来，这是一首忧伤的调子，在寒夜的上空，像云雾一样静静地升起来了。

我家的院子似乎又恢复了从前的样子，甚至比从前还要好的。一个有月亮光的晚上，人们寒缩，久长，温暖。静静地坐在屋子里，知道另一间屋子里有一个女人，她坐在沙发上织毛线衣，猫蜷在她脚下睡着了。冬夜是如此清冷，然而她给我们带来了一种岁月悠长的东西，这东西是安稳，齐整，像冬天里人嘴里哈出来的一口热气，虽然它不久就要冷了，可是那一瞬间，它在着。

她坐在哪儿，哪儿就有小火炉的暖香，烘烘的木屑的气味，整间屋子地弥漫着，然而我们真的要睡了。

有一阵子，我母亲很为他们忧虑，她说，这一对露水夫妻，好成这样子，总得有个结果吧？然而他们却不像有"结果"的样子，看上去，他们是把一天当作一生来过的，所以很沉着，一点都不着急。冬天的午后，我们照例是要午睡的，这一对却坐在门洞里，男人在削竹片，女人搬个矮凳坐在他身后，她把毛线团高高地举起来，逗猫玩。猫爬到她身上去了，她跳起来，一路小跑着，且回头"喵喵"地叫唤着，笑着。

这时候，她身上的孩子气就出来了，非常生动的，俏皮的，像一个可爱的姑娘。她年纪并不大，顶多有二十七八岁吧。有时候她把眼睛抬一抬，眼风里是有那么一点活泼的东西的。——背着许多人，她在大老郑面前，未尝就不是个活色生香的女人。

逢着这时候，大老郑是会笑的，他看她的眼神很奇怪，是一个男人对女人的，又是一个长者对孩子的，他说，你就不能安静会儿。

她重新踅回来坐在他身后，或许是拿手指戳了戳他的腰，他回过头来笑道，你干什么？她说，没干什么。他们不时地总要打量上几眼，笑笑，不说什么，又埋头干活了。看得多了，她就会说，你傻不傻？大老郑笑道，傻。

这时候,轮着他做小孩子了,她像个长者。

三

第二年开春,院子里来了一个男人。这男人大约有四十来岁吧,一身乡下人的打扮,穿着藏青裤子,解放鞋。许是早春时节,天嫌冷了些,他的对襟棉袄还未脱身,袖口又短,穿在身上使他整个人变得寒缩,紧张。

按说,我们也算是见过一些乡下人的,有的甚至比他穿得还要随便,不讲究的,但没有像他这样邋遢、落伍的……他又是一副浑然无知的样子,看上去既愚钝又迂腐,像对一切都要服从,都能妥协的。那些年,我们这里的乡下人也多有活络的,部分时髦人物甚至胆敢到城里来做买卖的,开口闭口就谈钱、经济、回扣,十足见过世面的样子。可这个男人不是,看得出来,他是属于土地的,他固守在那里,摆弄摆弄庄稼……这大概是他第一次进城吧?

他像是要找人的样子,有点怯生生的,先是站在我家院门外略张了张,待进不进的。手里又攥着一张皱巴巴的纸条,不时地朝门牌上对照着。那天是星期天,院子里没什么人,吃完了午饭,大老郑携女人逛街去了,其余的人,或有出去办事的,到澡堂洗澡的,串门的……因此只剩下我和母亲在太阳底下闲坐着。老四和我弟弟伏在地上打玻璃球。

这时候,我们就看见了他,生涩地笑着,瑟缩而谦卑,仿佛怕得罪谁似的。我母亲因勾头问道,你找谁?他低下头,微微弯着身子,把手抄进衣袖里说道,我来找我的女人。我母亲说,你女人叫什么?并向他招招手,他满怀感激地就进来了,轻声说了一个名字,我母亲扭头看了我一眼,"噢"了一声。

他要找的是大老郑的女人,这就是说,他是女人的前夫了?

我们再也不会想到,这辈子会见到女人

的前夫，因此都细细地打量起他来。他长得还算结实，一张红膛脸，五官怕比大老郑还要精致些，只是肤质粗糙，明显能看出风吹日晒的痕迹，那痕迹里有尘土、暴阳、田间劳作的种种辛苦……也不知为什么，这乡下人身上的辛苦是如此多而且沉重，仿佛我们就看见似的，其实也没有。

他一个人站在我家的院子里，孤零零的，显得那样的小，而且苍茫。春天的太阳底下，我们吃饱了饭，温暖，麻木，昏沉，然而看见他，心却一凛，陡地醒过来了。我母亲说，要么，你就等等？他笑笑。我母亲示意我进屋搬个凳子出来，等我把凳子搬出来时，他已贴着墙壁蹲下了，从怀里取出烟斗，在水泥地上磕了磕。

毋庸讳言，我们对他是有一点好奇的。就比如说，我们不知道他为什么来找女人，是想重修旧好吗？他们现在还有密切的联系吗？他们又是怎么离的婚？我们对女人是一点都不了解的，只知道她的好，他也是好的……可是两个好人,怎么就不能安安生生地过日子呢?

起先,他是很拘谨的,不太说什么。可是也就一袋烟的工夫,他就和我母亲聊上了。原来,他是极爱说话的,他说话的时候有一种沉稳又活泼的声色,使我们稍稍有些惊诧,又觉得他是可爱的。他说起田里的收成,他家的一头母猪和五头小猪,屋后的树……总之加起来,扣除税和村上的提留,他一年也能挣个几百块钱呢!——不过,他又叹道,也没用处,这几百块钱得分开八瓣子用,买化肥和农药,孩子的书学费,他寡母的医药费……所以,手里不但落不下什么钱,反倒欠了些债。

我母亲说,这如何是好呢?

他没有答话,把手伸进腋窝里挠了几下,拿出来嗅嗅,就又说起他们村上,有两家万元户的,他们凭什么?不就因着手里有点余钱,承包个果园,鱼塘……他哼了一声,看得出有点不屑了。他们丢了田,他咕哝道，天要罚的。他说这话时有一种平静的声气，很忧伤，而且悲苦。

我母亲打趣道，依我看，你要解放思想，那田不种也罢。

他打量了我母亲一眼，瓮声瓮气说道，种田好。

我母亲笑道，怎么好了？种田你就当不上万元户。

他的脸都涨红了，急忙申辩道，种田踏实。自从盘古开天以来，哪有农民不种田的，你倒跟我说说！也就是这些年——可这些年怎么了，他一下子又说不出来了——再说，我不当万元户，也照样有饭吃，有衣穿，也能住上新瓦房。不过——他想了想，把手肘压在膝盖上，突然羞涩地笑了。他承认道，造瓦房的钱主要是女人的，她在城里当干部，每月总能挣个三四百，够得上他半年的收入了。

我们都愣了一下，我母亲疑惑道，当干部？当什么干部？我一个月都挣不了三四百,问问这城里,除了做生意的——再说,不是离婚了吗?

离婚?他扶着膝盖站起来了,睁大眼睛说道,你听谁说的?

看他那眉目神情,我们都有点明白了,也许……我们应该怀疑了,什么地方出问题了,我们被蒙蔽了。他不是女人的前夫,他是她的男人。我母亲朝我努努嘴,示意我把老四和弟弟领到院外去,她又笑道,瞧我说的这是哪门子胡话,因不常见着你,小章又一个人住,就以为你们是离了婚的。

男人委屈地叫道,她不让我来呀。再说了,家前屋后的也离不开人,要不是细伢子的书学费……这不,都欠了一个月了。老师下最后通牒了,说是再不交就甭上学了。也是赶巧了,那天二顺子进城,在这门口看见了她,要不我哪儿找她去?

他絮絮地说着,抱怨起这些年他的生活,又当爹又当妈的,家也不像家了;但凡手里宽绰些,他也不会放她出来。当什么干部?——他哧的一声笑了,我还不知道她那点能耐?双手捧不动四两的,也就混在棉织厂,当个临时组长罢了。

我和母亲面面相觑。面粉厂,棉织厂,人民剧场卖葵花子……这么一说,都是假的了。我母亲且不敢声张,又拐弯抹角地问了他一些别的。总之,事情渐趋明朗了,它被撕开了面纱,朝我们最不愿意看到的那个方向转弯了。

男人一说竟滑了嘴,收不住了。那天晌午,我们耳旁嗡嗡的全是他的声音。那是怎样的声音啊……一说起他的婆娘,他显得那样的啰唆,亲切而且忧伤。他时常想她吗?夜深人静的时候,他是否常常就醒过来,看窗格子外的一轮月亮。一天中难得有这样的时刻,能静下来想点事情吧?白天下田劳作,晚上锅前灶后地忙碌,一年年地,他侍候老母,抚养幼子……这简直要了他的命!他的女人在哪儿?这当儿,她也睡了吧?一想起她在床上的熊样子,他就想笑。想得要命。她是顾家的,哪次回来没给他捎上好的烟叶,给儿子买各式玩具,给婆婆带几样药品?可他不如意,也不知为什么,有时简直想哭。他就想着,等日子好了,他要把她接回来,安派她做分内的事,让家里重新燃起油烟气。

嗨,让家里燃起油烟气。那一刻,他坐在正午的太阳底下,慢慢地眯起了眼睛。

他停顿了一下,许是说累了,不愿再说下去。在那空旷的正午,满地白金的太阳影子,我家的院子突然变得大了,听不到一点声音,人身上要出汗了。——再也没有比这更寂寞、荒凉的一瞬间,我们一点点地沉了下去,在太阳地里坐得久了,猛地抬起头来,阳光变成黑色的了。

丈夫最终没能等来他的女人,他兴高采烈地回去了。他知道,隔几天他的女人就会把工资如数上交,他要用这笔钱给细伢子交书学费。他又从门洞里拖出半袋米,托我们转交,说,这是好米,在城里能卖不少的价钱呢,留着她吃吧;我们在家里的,能省些则省些。

女人是在晚上才回的家,她跟在大老郑的后头,手里提着大包小包的。我母亲趋前问道,都买了什么?大老郑笑道,随便给她买了些衣服。女人立在床头,把东西一样样地抖出来,皮鞋,衣裙……又把一件衣料放在膀子上比试一下,问我母亲道,也不知好看不好看,我就嫌它太花哨了,都是他主张要买。大老郑笑道,这几样当中,我就看中这一件,花色好,穿上去人会显得俏丽。

平心而论,女人的做派和先前没什么两样,可是我们都看出一些别的来了。就比如说她是细长眼睛,大老郑说话的当儿,她把眼睛稍稍往上一抬,慢慢地,又像是不经意地……反正我是怎么也描述不出来,学不出来的。——就这么一抬,我母亲拿手肘抵抵我,耳语道,真像。

原来,我母亲早就听人说过,我们城

里有两类卖春的妇女,说起来这都是广州发廊以后的事了。就有一次,有人指着沿街走过的一个女子,告诉她说这是做"那营生"的。那真是天仙似的一个人物,我母亲后来说,年轻且不论,光那打扮我们城里就没见过;我母亲因问道,不是本地人吧?那人淡淡笑道,哪有本地人在本地做生意的?她们敢吗?人有脸,树有皮,再不济也得给亲戚朋友留点颜面,万一做到兄弟、叔伯身上怎么办?

还有一类倒真是我们本地人,像大老郑的女人,操的是半良半娼的职业。对于类似的说法,我母亲一向是不信的,以为是谣言,她的理由是,良就是良,娼就是娼,哪有两边都沾着的?殊不知,这一类的妇女在我们小城竟是有一些的,她们大多是乡下人,又都结过婚,有家室,因此不愿背井离乡。

这类妇女做的多是外地人的生意,她们原本良善,或因家境贫寒,在乡下又手不缚鸡,吃不了苦,耐不了劳;或有是贪图富贵享乐的;也有因家庭不和而离家出走的……凡此种种,不一而足。她们找的多是一些未带家眷的生意人,手里总还有点钱,又老实持重,不寒碜,长得又过得去,天长日久,渐渐生了情意,恋爱上了。

她们用一个妇人该有的细心、整洁和勤快,慰藉这些身在异乡的游子,给他们洗衣做饭,陪他们说话;在他们愁苦的时候,给他们安慰,逗他们开心,替他们出谋划策;在他们想女人的时候,给他们身体;想家的时候,给他们制造一个临时的安乐窝……她们几乎是全方位的付出,而这,不过是一个妇人性情里该有的,于她们是本色。她们于其中虽是得了报酬的,却也是两情相悦的。

若是脾性合不来的,那自然很快分手了,丝毫不觉得可惜;若是感情好的,那男人最终又要回去的,难免就有麻烦了,总会痛哭几场,缱绻难分,互留了信物,相约日后再见的,不过真走了,也慢慢好了,人总得活下去吧?隔一些日子,待感情慢慢地平淡了,她们就又相中了一个男子,和他一起过日子去了。

做这一路营生的妇人,多由媒人介绍来的,据说和一般的相亲没什么两样,看上两眼,互相满意了,就随主顾一起走了。而这一类的妇人,天性里有一些东西是异于常人的,就比如说,她们多情,很容易就怜惜了一个男子;她们或许是念旧的,但绝不痴情。她们是能生生不息、换不同男子爱着的……或许,这不是职业习性造就的,而是天性。

和我们一样,她们也瞧不起娼妓,大老郑的女人就说过,那多脏,多下流呀!而且,也不卫生。她吃吃地笑起来,那是早些时候,她的"前夫"还未出现。她们和娼妓相比,自然是有区别的,和一般妇女比呢,就有点说不清楚了。照我看来,唯一的区别就在于,在通过恋爱或婚嫁改善境遇方面,她们是说在明处的,而普通妇女是做在暗处的。因此,她们是更爽利、坦白的一类人,值不值得尊敬是另一说了。

　　我们家对过,有一户姓冯人家的老太太,我们都唤作冯奶奶的,最是个开朗通达的人物,长得又好,皮肤白,头发也白,夏天若是穿上一身白府绸衣裤,真是跟雪人一般。这老太太是颇有点见识的,大概因她儿子在监察局做局长、女儿在人民医院做护士长的缘故吧,她说起天文地理来,那是能让人震一震的,常常是坐在自家门口剥毛豆米,隔着一条马路就朝我奶奶喊过来,你家今天吃什么?两个老太太一递一声地说着话,末了她端着一个竹筐子,一路颠颠地就跑过来了。看见我,就笑道,阿大下学堂了?看见我弟弟,就说,小二子,今天挨没挨先生批?她是很得人缘的一个,凡是认识她的没有不尊敬她的。她的风流事在我们这一带是传遍了的,年轻时因男人跑台湾,单单丢下她娘儿三个,两张嗷嗷待哺的嘴,怎么活呀?就找相好呗,也不知找了多少个,才把这两个孩子拉扯大,出息了,成家了。

倘若有人跟她做媒,她大凡是回绝的,说的是,她男人一天不死,她就要等他回来。有人背地里取笑她,这叫什么等?比她男人在时还快活。无论如何,她是抚养了两个孩子,不是含辛茹苦,而是快快乐乐。

我们无论如何也说不清,在大老郑的女人和冯奶奶之间,到底有何不同,可是我们能谅解冯奶奶,而不能谅解大老郑的女人。我母亲很快下了逐客令,当天晚上,她就找大老郑过来摊牌了,大老郑如实招供,和我们了解的情况没什么出入,不过他说,她是个好人。我母亲通情达理地说,我知道。你也是好人,可是这跟好人坏人没关系,我们是体面人家,要面子,别的都好说,单是这方面……你不要让我太为难。

我母亲又说,你是生意人,凡事得有个分寸,别让外人把你的家底给扒光了。大老郑难堪地笑着,隔了一会儿,他搓搓手道,这个,我其实是明白的。

大老郑携女人走了,为眼不见心不烦,我母亲让他的几个兄弟也跟着一起走了。从那以后,我们再也没见过他们,也没听到过他们的任何讯息了。

这一晃,已是十五年过去了,我们也不知道,大老郑和他的女人,他们过得还好吗?他们是不是早分开了?各自回家了?在他们离开院子的最初几个年头,每到夏天,我们乘凉的时候,或是冬天,我们早早缩在被子里取暖的时候,就会想起他们,那是怎样安宁纯朴的时光啊,像我们幻想中的莆田的竹林,在月光底下发出静谧的光……现在,它已经遥不可及了;或许,它压根儿就没存在过?

而这些年来,我们小城是一步步往前走着的,这其中也不知发生了多少事;有一次,我父亲因想起他们,就笑道,这叫怎么说呢,卖笑能卖到这种份儿上,还搭进了一点感情,好歹是小城特色吧,也算古风未泯。我母亲则说,也不一定,卖身就是卖身，弄到最后把感情也卖了，可见比娼妓还不如。

　　唉，这些事谁能说得好呢？我们也就私下里瞎议论罢了。

胡文青传

一

胡文青是个很谦逊的人，生于一九四八年，石城人，家住举人巷3-3-206。他个子不高，却给人以魁梧的印象；周正的四方脸，棱角分明，再兼浓眉大眼、鼻直唇正……他这长相，多年前就被算命的惊为天人，说："有鸿鹄之志，逢乱世，必成事！"

胡文青笑了笑，没上心。他那年十五岁，印堂比现在光亮，整个人虎虎有生气。他就读于省师附中，这在全国都称得上一所名校；他确实有些志向，却又不知志向何指；兴趣广泛，尤侧重于"文史哲"，小小年纪就涉略《资本论》，因为读不懂，便纠集身边几个同道,搞了个"兴趣小组",每周聚一次。后来,他这"兴趣小组"规模越来越大,他非但请来了校长、老师,就连"石城名流"也常过来"指导交流";这是全校的盛会,阶梯教室内外,挤满了无数求知的小脑袋,胡文青作为发起人,也因此成了这名校里的名学生。

确实,他从少年时代起,就表现了多方面均衡的才能,思维活跃,言行妥当,对于人际、社交、事务也很会对付;写一手漂亮文章,有观点,有气势;主编一份学生刊物,敢于登些新鲜的言论,而校方并不以为忤。

总之,那几年有一种奇怪的自由风气,使得这学校一时天才迸出,师长们端详这一张张少年的脸孔,或热情,或沉静,或深思,或坚定,委实不知他们将来会长成怎样的人,虽知他们中的大多数也将是平凡人……这一天,胡文青主持完"兴趣小组"的聚会后,跟班主任略聊了聊,他的意思是,他将来的方向应该是在学问上。

班主任说:"倒不忙着定方向,而且——"看了他一眼,打趣道,"你坐得住冷板凳吗?这可是件寂寞的事儿!"

胡文青搔搔头皮,害羞道:"我没那么爱热闹吧?我主要是感兴趣——"说不下去了,被人戳到了隐痛;又略略有些不服气,想起一个前辈曾跟他说过的:"你这样的多面手,把你局限在任何一个领域都是浪费!"

说的其实是一回事,他很苦恼,回家的路上一直在想;走到巷口,恰好遇上一个算命的,死活把他拉住,说"一个子儿也不收",只因他有异相!胡文青只想笑,他是个坚定的唯物论者,但是也不妨听听这走江湖的对他的打量。

当听到"逢乱世,必成事"时,胡文青说:"你的意思是,我将来一事无成了?"

那老头儿摇了摇头,说:"那倒也说不好!"

胡文青说:"那么只有一个意思了——你说这话就该死,什么乱世不乱世的?你哪儿来的?国民党派来搞破坏的吧?"

老头儿慌得连忙摆手,说:"我刚才说什么了?我什么也没说呀!我的意思是,将来的事谁能说得好?就比如你不知道你将来是干什么的,做什么职业,能活几岁;而且我也没说乱世不乱世的,我的意思是,乱世出英雄,容易成事儿;你因为生在盛世,虽有才干吧,也只能当社会主义建设的一颗螺丝钉;你会经历一番坎坷辛苦。"

胡文青笑了笑,说:"这倒像个人话!我不在乎坎坷辛苦,人生哪有一帆风顺的?奉劝你一句,以后别招摇撞骗了,今天也是碰上了我,换了别人看看?早把你扭派出所了!"

二

算命这件事,胡文青很快就忘了,直到十七年后的某一天,他突然想起,如雷轰顶。此时,他已蛰居街巷多年,三十二岁,是个两岁男孩儿的父亲,孩子妈在国营菜市场当售货员,每天早出晚归,因此他连买菜都省了,只负责在家带孩子、洗衣做饭。

他每天下楼一到两次,抱着孩子出来透气,一般不超过半小时。看见邻居也都还客气,点点头,笑眯眯的;人家若是走过来跟他搭话,他就跟孩子说:"呐,叫奶奶!"或"叫爷爷!"

于是,这些爷爷奶奶也不好意思直接问他话,先跟孩子敷衍两句,问:"叫什么名字?几岁哪?"这是过门,刚要入题时,他已是要走的意思了,而且那孩子也实在太闹,东指指西望望,大呼小叫,朝人脸上吹气泡;他抱歉地笑笑,弯弯腰,这就上楼了。

他从不主动说什么,因此,引得整条街上都在说他。

"这年纪轻轻的,就这样过一辈子了?靠女人养活,这饭他怎么能吃得下?"

"嘻,他那女人长得真丑,哪儿配得上他!估计也是看透了,随便找了这一个;听说结婚之前是定了约的,她答应养他一辈子,就当他是个废人——"

"什么废人？他这几年好多了，尤其是有了孩子以后；你是刚回城，没看见他几年前的样子，胡子拉碴的，像个游魂，一年到头都不下楼的。"

"那是他没在楼里，出去逃难去了！这种红卫兵，造反派头头，杀人犯！国家怎么就赦了他！"

这种没见识的话，当然有人听不下去了，便站出来纠错；纠错的人五十出头，巷子里的人都叫他阿顺，他略微知道胡文青的一点底细；也许他说的照样还是没见识的话："李大爷，你这话不对！造反派多了去了，都杀了，国家还怎么安邦治国，还怎么搞现代化？"

"我说的是那些罪大恶极的——"

"罪大恶极不都进去了吗？"

那李大爷一下子恼了，一字一顿地说："那他就是漏网之鱼！"

阿顺摇了摇头，嘟哝了一句："冤冤相报何时了！"

那李大爷一下子扑上前去,把脸堵着阿顺,问:"你家没死过人是吧?我家里……"嗓子一下子沙了,眼里汪着水;挓着五个手指头晃了晃,意思是家里五口人;又弯下两个点了点,意思是死了三个。

阿顺问:"跟他有关系吗?"

李大爷愣了一下,没声气回答,便一个脑门撞进阿顺怀里,一边揪住他的衣领,一边抖抖索索的……还不待怎样,早被人拉开了。

阿顺跳了一下,把衣领扶扶正,一边向众人说:"喏,我是个直肠子,心里压不住话。李大爷家里的情况我不比谁清楚?老街坊了,他家小凤就是我给裹的尸,一大清早拉着板车,跑了十里路,送的火葬场,还偷偷摸摸的。惨不惨?惨!但是话分两头说,我也当过造反派,不是造反有理吗?我也打过人,我也挨过打;武斗那会儿,我三十来岁,正当年……嗨,不说了。我也抄过家,顺过一些宝贝儿;但是我要告诉你们,我私下里还不知保护过多少人呢!——信不信无所谓——这条街上的、我们厂里的……是谁我不告诉你们,我也不要他承情,他也还不起这人情,我是冒着生命危险的,就是看着他可怜,而且那会儿,自己的心劲儿也歇了。——李大爷,知道我想说什么了吧?这笔账你没法算,是笔糊涂账!——"回头看了看二楼的某扇窗口,叹了口气,说:

"像这位——"指的是胡文青,"我跟他没什么私交,两代人;看着他从小到大的,现在变成这么一个人!毁啦!你们中有些是新住户,没看见他从前的样子,石城有名的天才少年,神采奕奕,走路生风,那是进北大清华的料,毁啦!没错,他是'东方红'派的领袖,这一派可是大名鼎鼎,风头出尽;当年,谁不知道他胡文青大名!但据我所知,他甚至都没亲手打过人,他一文弱书生,打什么打?他手下有一批打将,哪个当头头的手下没几个兵?据听说,有一次他看见街上有个跳楼的,脑瓜子迸碎,他吓得捂住了眼睛,那时他才几岁?十九岁!他见过什么世面?而且后来就退出了,他二十岁就不玩儿了,隐退江湖了,你现在找他算账,——你现在找谁算账,谁都不认这个账!"

说到这里,阿顺顿了顿,把眼睛看着李大爷;他话还没说完呢,但是这一句话,他是绝不能出声的,只能放在心里说:"你李大爷怎么就不想想,你是因为被打倒了,失了势;你要是在台上,一窝蜂似的挤着你,你会怎样?难保就比我们干净!手里欠下几个血债也说不定!"嘀咕完了,这才长长地吐了口气,觉得舒服多了。

三

楼下的吵嚷,胡文青全听见了;他坐在窗沿边的沙发上,一边教儿子玩魔方,一边愣愣的,像是在听别人的故事,脸上不露一点表情;他很奇怪,这些人从哪儿知道的这些?样样都是真的。只有一句,说他有一阵子胡子拉碴,像个游魂,又说他出去逃难去了，这是没有的。他无论如何，每天清早第一件事就是刮胡须，他是刮给自己看的，告诉自己要衣饰整洁，要口齿清香——十几年前他最热闹的时候，反未必要这样。

也正因此，整个巷子对他都不满意：一个落魄的人，就应该有落魄的样子！他应该衣衫褴褛，蓬头垢面；他应该沿街行乞，疯了，或是傻了，叫那些善良的妇人们为他淌几滴同情的眼泪；可是现在他穿得比谁都干净，笑眯眯的，跟没事人一样；他还有脸出来见人，那眼神淡淡的，比谁都矜持：你跟他笑笑，他也笑笑；你给他冷脸，他就跟没看见似的，歪头逗儿子笑，想想着实可气！

他怎么就没一点愧疚心呢？他本应该跪下来向他们道歉！当然了，有些事跟他没关系，可既然他是"那一方"的，他们是"这一方"的，他就应该道歉！象征性的，不过是张一张嘴的事，如果连这个都为难，那就点点头；如果还为难，那就眼神表示一下：慌张、胆怯、躲闪……怎么样都行；不会太为难他!就是做个样子,好叫大家消消气;这以后低头不见抬头见的,总得相处吧,他眼神表示一下,这事就结了,谁还能拿他怎么样?把他千刀万剐?那是犯法的事,再说他也配不上!再说了,都过去这些年了,谁还会跟他认真计较?就是仪式性的,给大家一个说法,说他错了,点点头,顺顺眼,对他仁至义尽了吧?

这天晚上,胡文青一家已经躺下,只听得门外有轻轻的敲门声;他女人应了一声,出去开门,门洞里陡地闪进来一个人,直把她吓了一跳;那人转身把门带上,轻轻"嘘"了一声,却是居委会主任张阿姨。

那张阿姨压着嗓子说:"把门灯关上,我有话要说。文青呢?睡了?"

他女人说:"我去叫他!"

张阿姨一把拉住她,说:"不用了,我说两句话就走!给你们通风报信来了,——噢,文青起来了?正好!你这两天最好出去躲躲,要不就干脆甭下楼,谁来砸门都不应,下面的事情我来应付。什么怎么回事儿?——"看了女人一眼,"噢,你下午不在家,闹了一场呢!那阿顺也是好心,替文青说了句公道话——你都听到了吧——犯了众怒啦!嘀嘀嘀,那还了得!商量了一个结果,这两天要找你算账呢!"

"算什么账?"他女人惊声问道。

"别咋呼,"张阿姨再次压低嗓门,说,"叫他们听到了,连我也脱不了干系呢!还能算什么账?叫他认个错呗!"

"吓死我了!"他女人轻轻地吐了口气,说,"原来是认错!这不当个事!"

文青站在一旁,只把他女人冷冷地看上一眼,也没有说什么。

张阿姨察言观色,说:"你看,我今晚来对了吧?你都不如我了解文青,这老街坊邻居了,小时候我还抱过他呢,就知道他性子左,十足一个书呆子,拧着呢!叫我说呢,这认错有什么了?嘴一吧嗒的事情!至于你心里怎么想的,谁还会在乎?可人家就是金口难开啊！我就说，这要是搁过去，他准当烈士，这性子！但是话又说回来，这巷子里的有些人呀，啧，可真叫说不好！这都过去四五年了，而且冤有头债有主，你该找谁找谁去！有本事你查出他们去！你找文青干吗呀？他那两年根本就搬出了举人巷，不跟街坊们过招的；他父母被另一派拉出去批斗；这账叫怎么算？"

"前一阵好像没人提了，怎么最近又扯上了？"他女人问。

"这不是陆陆续续还在回城、平反嘛，"张阿姨说，"这一回城、一平反，总归要聚一聚、说一说啰，这一聚一说，可不就生气了？唉，我也能理解，他们撒撒气是应该的：死的死，疯的疯……我现在什么事都能理解！"

张阿姨临走前，再次跟文青嘱咐道："这一阵别让我看见你！等风头过了，我再来通知。"

可是叫她吃惊的是，第二天上午她便看

见了他，他趿着拖鞋，正抱着小孩儿去巷口的杂货店买棒棒糖回来。她很是生气，待要撒手不管吧，毕竟乱子是出在她辖区内的，由不得还是朝他努努嘴，使了个眼色，文青看见了，只朝她走来。

他把小孩儿交给张阿姨，说："你放心吧，不会出事的，我刚才遇上他们了。"

张阿姨跟在后面，说："既然出来了，那你就说句软话吧。"

他站下来了，笑了笑："我不说。我本来也不想出来的。"这倒是他的真话，他既不惹事，也不躲事；如果不是小孩儿闹着要下楼，他有本事在那屋子待一辈子！但既然下了楼，就由它去吧；况且，现在什么事都不在他眼里，早空了，干干净净，连活着都是累赘；倘若自我了结吧，又觉没必要，实在是，连拿刀抹脖这个动作他都懒得做，倒真不是怕死，——早死了，在十几年前。

家门口的空地上，已乌压压地聚了一群人，都在等着他；文青走近了，站下来，没有人说话；一时空气寂寂的，只有几声咳嗽；这样等了两分钟，于是文青便走，走了几步，身后有人啐他，声音又响又脆；于是文青停住，回头把人群扫了扫：吐唾沫的是邵老师，中心实验小学的退休老师，七十多岁，一个半疯的孤寡老人；他没有教过文青，却因为邻里关系受托于文青的父母，文青跟他习过字，虽只有半年，可是习字本上至今还留有他的圈圈点点……一个郑重其事的老头儿，郑重得有点迂腐。

那一刻，文青突然动了恻隐之心，眼圈一热；他为掩饰自己，只能转头看别处——别处，人群五十米开外的地方，站着两个便衣，文青对这类人很是熟悉；也许是张阿姨布下的预防。人群里，有个小孩儿在玩水果刀，文青把眼睛盯着水果刀，心里很知道，这是一场"事先张扬的凶杀案"，他的眼泪一下子就干了。

阿顺也在人群里，急得脸红脖粗；文青正不知如何收场，阿顺突然号啕一声："你就说一声吧,说一声,这事就结了。"

于是文青便说了:"我今天站在这里,要杀要剐由你们;我能做到打不还手,骂不还口;那边是警察,你们可以叫他来抓我;我会永远住在这里,欢迎你们来报复!但是我不说那句话。"

说完了,他在空气中略站了站,等着别人冲杀上来,等了两分钟无果。于是他又上楼了。这一次,他是真的上楼了,没有人出来阻止。

四

阿顺是在当天下午来看文青的;他总归有点讪讪的,觉得对不住文青,不该逼他说话,因而一而再、再而三地道歉。

文青说:"真的没关系,我那话早该说了,一直找不着机会。"

阿顺笑道:"我问你一句话,你不要生气啊;我也是刚才突然想到:我能跟你一再道歉，你怎么就不能向他们道个歉呢？难道你就没一点错吗？"

文青沉吟了半天，一时不知该怎么回答，他把手肘压着膝盖，半截身子都伏在膝盖上了。

"怎么会没错？"隔了好久，他才抬起身子说，"错大发了，所以不能道歉！"

"什么意思啊？"

"我一下子也说不清楚。我要是犯了小错，我也乐于道歉，像你没犯错的也跑来道歉，这两样都没关系；但是大的不行，大的，你得慎行。"

"你的意思是，要坚持？"

"也不是坚持，内心里早已否定了；但是我不想说出来，我就让它烂在心里；烂下去，它会成为养料的；另外还有一个尊严问题，它不是面子，我现在还有什么面子可言？早放下了；但尊严，——比方说你爱过一个人、爱过一些事物，后来知道爱错了，最郑重的方式是记在心里；你不能一张嘴就跟人说，对不起，我错了；这个太轻佻了，对人对己都不尊重，而且没有意义——"

"你只是放在心里？"

"放在心里才是最有力量的，一说出来就泄气了——"

"你先听我说，我前一阵看报纸，有人白纸黑字地道歉了，大家都很感动——"

"那说明大家都不严肃。那道歉的人，要么一开始他就是胡闹，自始至终，他从来没相信过什么，就是跟着瞎起哄；要么他当初相信过，但犯的是小错误；那些真正杀了人的是不会道歉的，也许他们正在哭诉自己受到的伤害呢；那些轻易道歉的，嘴一抹，下次遇上事，照犯不误！所以道歉没什么用。"

"唯一的作用，能让那些受伤的人舒服一点——"

"他们只图眼前舒服，恨不得把你踩在脚底下，让你受辱，恨不得杀了你；杀了你以后，他就出了气了，他就到此为止。就这么回事儿。还有你刚才说到受伤,问题是谁在受伤?谁在伤人?这事太吊诡了,就比如你我——"

阿顺叹了口气,说:"甭说了,我知道你意思了。你这些年——"

"都还好。我想了一些事情,很多事想不通;中间几年特别难受,就是屋脊梁开始摇晃,整个房子要坍塌的感觉,特别崩溃,那真叫毋宁死!我们中有些人就这样死了,我们中学的,很聪明,一开始相信,后来怀疑了,整个人就崩溃了,中间又做过一些错事,没法回头,也没法纠正了,就自杀了;我也是其中一个,没死完全是侥幸。"

"那你下面怎么办?"

"还没想好;我能活下去的,应该会越来越好,——靠老婆养活有什么不好的?——继续想事情,想通了,看能不能写点东西,不是伤痕小说那一类的;想不通,就想它一辈子,直到老死。"

五

这以后的几年里,举人巷逐渐恢复了平静。文青的事没人再提起;时间消化了很多东西,大家服气了,认领了自己的命运,——毋宁说是淡忘了——生活便各归槽道了。

而且他也很少下楼,就或下了楼,街坊们也难得见上,因为大家也都各忙各的去了;偶尔聚在一起,有人问起他,阿顺就说:"他在家写小说呢,写回忆录;那可了不得,我们街上要出大作家了!"

这话听着会叫人犯咳嗽的,尤其是那些有隐痛的人:"怎么?他当完了造反派,这又去当作家?"待要说上两句吧,又显得小气,毕竟都是些老皇历了;忍了半天,才很有涵养地笑道:"他倒真会赶时髦,什么流行做什么!"

文青的女人仍如常,每天早出晚归,接送儿子,——他儿子已经念小学了。尤其是近两年,他女人似乎是变漂亮了,喜欢说笑,声音响亮,隔老远就打招呼:"李大爷!出去溜达呢?身子骨还硬朗?"

"将就。你家那位大作家呢?"

"嘻,瞧您说的!什么大作家!"

直到有一天,一辆送货卡车开进了举人巷,车上装的全是那个时代的奢侈品:全自动洗衣机、双门电冰箱、十七寸松下彩电、电热水器……一路的喇叭响到文青家楼下,他女人喜气洋洋地下来招呼……大家这才知道,胡文青发财了。

原来,胡文青这些年几乎就不在举人巷,他也不是什么作家,他去了南方;他是石城第一批"先知先觉者",他挣了第一桶金;没人知道他是怎么发的,估计未必地道……整个巷子突然火烧火燎了;当他们还在进行口头上的"改革开放"时:拍腿搓叹、交头接耳、唾沫横飞……人家已经远走高飞;而且当作家也不时髦了。

这样一来,胡文青又翻身了,成了举人巷的一个标杆;晚上没什么事,阿姨大妈们最喜欢找文青女人聊天,从她那里,或能知道一点小道八卦,或能得到一点新鲜的刺激,比如她辞职这件事,就给了巷子一个震惊;还有她家里的簇簇新:木地板、墙纸、电话;尤其是夏夜,坐在她家里的空调房里,那比电风扇不知凉快多少去!

整个巷子突然醉了;没错,虽然报纸电视每天都在聒噪,虽然他们也跟着一起聒噪:解放思想、深圳速度、姓社姓资……可是根据以往的经验,他们谁都不会先动;然而这女人,却突然辞去了公家人,跟社会主义拜拜了,瞧她那样!她怎么就敢?

可是人家说了:"我家文青说的,不靠我这点工资生活!带孩子最要紧,家里就他这根独苗;是啊,形势确实不明朗,哪天一变天……可是我家文青说了,大不了再栽个跟头,他上码头做苦力去;家里就他这根独苗。我家文青就这一点好,胆子大,什么都不怕。"

街坊们"噢"了一声,总算听明白了:

说来说去他男人是个赌徒;上一回他赌输了,这一回他赌来了地板、空调、墙纸、电话……一个屋檐下,他这一赌就赢了他们二十年,这还不够,他要他的子子孙孙都赢下去!这就是改革开放,娘的,可气!

可是无论如何,巷子里的人总算醒了,立马闭嘴,也"哼哧哼哧"开始走路了;胡文青这个暴发户,委实比报刊的鼓噪更起作用,因为具体可视、鲜活生动;因为有嫉妒、不服气;因为原来都在一个水平线上,甚至还不如他们……至于他二十年前的那档子事,他们早不介意了。

这以后的日子里,巷子里那个热闹:也有辞职的,也有停薪留职的;也有一边上班、一边接私活儿的;有南下转了几年、又赶回单位上班的;有"下海"差点没被淹死的,也有没"下海"却发了财的……凡此种种,不一而足。

再以后,这巷子就分化了:穷的穷,比如那些下岗工人;富的富,比如各式各样的暴发户,一开始是暴发户,可是发了十年、二十年,而且越来越发,他就格外受人尊重了,也不再有人嫉妒了,因为差得太远了,不在一个层次上;因为他已属于另一个阶层,上够得着中央,下抵不着群众,——他住在郊区的别墅,有门卫、狼狗;有司机、保姆;虽然是一个厂里的(他雇了他们,毋宁说,是他们主动找他雇的),平时却难得见他一面;就或见了,也未必能相认,他是左拥右簇的,他们只能远远地站住,把他瞧上一眼:那风度,那谈吐,那气魄……他已经到了跟外国元首谈项目合作的程度了。——这末一句,特指的是胡文青。

当然巷子里另有一些人,可以说大部分人,还在过着从前的小日子,斤斤计较,毫厘必争;他们的绝对生活,自然比以前好许多,除了排场不够,跟富人家差不多;富人家又能吃什么?山珍海味?燕窝鱼翅?吓,现在菜场超市都有卖的!富人家住得不过是宽敞一些,可是举人巷多方便,闹市中心,寸土黄金，现在他们就等着拆迁，好换到郊区的大房子里去，那儿空气好，而且住着也宽敞。

他们自然比不上胡文青他们，可是世上又有几个胡文青？从小跟他一起玩儿大的，就知道他不是久居街巷之人；老实说，做实业都辱没他了呢，他哪天要是当个市长、省长什么的，——那当然，就当国家领导人他也够料！反正他们满足得很，比上不足、比下有余，总比那些街头摆地摊的强吧，——这其中就有他们的街坊邻居——真可怜，二十年前谁能想到他们会落到这一步？更可怜的是，他们已经认了这一身份，不比一开始，看见熟人总躲，现在也能主动打声招呼了。

可是这些摆地摊的中，后来也有几个不知怎么就好了，开了店面，每日的流水相当于他们一个月的工资……这话他们就不爱听了，"有这事？不大可能吧？"当确认这一切是真的时，他们叹了口气，悻悻地骂了一声："瞧这世道乱的，是人是鬼都发了啊！"

六

现在的胡文青很平静;现在,他六十出头,满头华发,风度翩翩,——看上去很年轻,也就四十来岁。尤其是他那从容淡定的神情,出席公共场合时,比如某些慈善活动,他不是大踏步的,而是悄悄的,宁愿躲在人群里默默无闻;不得已被领上主席台时,他谦让一番,坐在最中央,偶尔一抬头,那眼神极谦逊,前排就座的女明星们也由不得心里一动,心里想:"这才叫世家子弟,多低调,也不知他爹是干什么的。听听人家的发言,三言两语,言简意赅,也不说大话,也没有腔调,就是平平淡淡,这才叫腕儿!"

不过这是早些年的事了,现在的胡文青深居简出,轻易不出来见人;只有从前的几个老朋友,偶尔会约出来聚一聚,这其中阿顺就算一个。阿顺近八十了,可是中气十足,说话近乎喊叫,——也许是聋了;他仍住在举人巷,一方面过着小市民的生活,一方面跟着胡文青出入高档会所,打打高尔夫球。不过这仍是早些年的事了,现在,老哥儿俩宁愿躲在胡文青的办公室里,阿顺说:"杀几局?"

于是胡文青便摆上棋盘,说:"杀几局。"

胡文青现在闲得很,他从四五年前就慢慢收手,是到了该享受晚年生活的时候了;厂里的事情轻易不过问,只交给儿子处理。儿子不争气,——儿子当然也做事,只是玩心太重,三十多岁了还不结婚,最喜欢跟二三线的女明星搞些绯闻,所以很讨小报记者的喜欢,隔一阵子就让他上娱乐版的头条,胡文青很是瞧不上!这孩子从十几岁开始,就一副公子哥儿样,很潇洒的,对什么事情都看得开。

待要说他两句吧,他妈就有话了:"他这一点跟你顶像!"

胡文青笑了笑,声气弱了许多;他这二十年来也未能免俗,中间经历了几个女人,可是他顶住了压力,坚决不离婚,而且也早戒了。现在,他跟他的糟糠之妻在一起,两人都是居士,整日吃斋念佛,家里乌糟糟的全是香火气,他儿子一回家就皱眉头。

然而他的佛事,主要还是在心里。办公室的书橱里,一排排全是佛经,他偶尔也读一读,只觉得心里空得很,泛泛的全是慈悲心。

这一排排的佛经里,也夹着一本《资本论》,不过他几乎不碰。碰什么呢?语境不同了。他少年时读不懂的地方,现在全懂了;他就是马克思批判的那一类人,那类"从头到脚,都沾着血和肮脏的东西"的人;他现在是个居士。

这《资本论》也不知谁放进书橱的,似乎是为装点,又似乎是为提醒他少年时代的一段往事……他那年只有十五岁,搞了个读书会,是个意气风发的好少年;有一天他跟老师说,他将来要做研究,因为有兴趣;后来他在巷口碰上一个算命的,那人说:"若成事,当乱世;将来有坎坷!"

胡文青的眼睛突然痴了。这是第二次,他想到那个算命的,——头一次是在三十年前,那时他儿子才两岁;他窝居街巷,是个贱民——他遇上他已近五十年了,那时他的人生才刚开始。一个白胡子老头儿,一句谶语。他现在成事了吗?乱世。谶语。东方红。造反派。窗外电闪雷鸣。"你将来必有坎坷。"《资本论》。改革开放。居士。佛经。乱世。他成事了吗?

窗外电闪雷鸣,阿顺说:"要下雨了。"起身去关窗子。

胡文青说:"要下雨了。"

两人立在窗前,看窗外倾盆大雨,天昏地暗。不说一句话。

隔了好久,阿顺才说:"算啦,别愁眉不展的。你现在要想开点,挣下这么一大摊子,生不带来,死不带去,儿孙能用多少?还不是为他人作嫁衣裳?"

胡文青说:"我也这么想呢,我这些年何尝是为自己活着的?累得很!我曾经,——嗨!我曾经以为我养活了一大批人,我要对他们负责任,尤其是那些早期跟着我打天下的，还有现在的好几万工人！可我现在不这么想了——"把眼睛闭上了，第一他儿子就不认账；有一次父子俩发生争执，儿子说："爸，您可别说养活不养活的这些话，谁养活谁还不知道呢！你不需要对他们负责任，人家也绝不会感谢你！大家都在挣自己该得的那部分，你，我，他们，所有人。事情得做，钱也得挣，可您别把自己看得跟救世主似的，没有您，他们就饿死了？去要饭？谁离了谁都能过！"

胡文青气得浑身发抖，说："好，好，好！我不当救世主，我现在就收手。"

他儿子倒心平气和了，说："您也不要生气，我说话急了，可你想想，是不是在理？而且你现在也收不了手啦，一旦上了这条道，你就是不走，也有人推着你往前走。事情做到这份儿上，您个人做不了主啦！只能由着惯性往前走，走到哪一天，该散伙时就散伙！但估计你是等不来这一天了，我则说不好。我会认真做事的。"

这一争吵,胡文青便彻底丢手了。直躺了三天,起来的时候,天地为之变色,脑子更糊涂,他跟孩子妈说:"儿子说得对。他把我的屋脊盖给掀了,我以后再也找不着地方遮风挡雨了。"

他还说:"一代人做一代人的事,我退出了,要云游了!"

他又说:"信什么佛?真虚伪!你能四大皆空?你能把这一摊子全捐掉,分毫不留,重新去当一个穷人?你即便当了穷人,你满脑子还是福禄富贵!还四大皆空!还信佛!谁配?"

这末一句话,他是说给阿顺听的,——其实是说给自己听的;阿顺也信佛。

阿顺说:"我就跟你说了,你不要钻死胡同,这对你没什么好处。要我说,你有这工夫,还不如写本回忆录,把你这几十年好好整理一下。什么事情能禁得起你这样问?你这一问,不就全空了?信佛这件事,你力所能及,能信到哪一步算哪一步,佛也不会要求你四大皆空！人活着，不过是求个安心——"

胡文青说："写什么回忆录？我现在没话可说了，心里空荡荡的。"

阿顺笑道："你空什么空？你还早着呢！你心里有几千条烦恼丝。第一，这一摊子不是你想要的，你想要什么，当然自己也不知道；你这些年忙来忙去，为的是有个寄托，现在连这寄托也被人揭了，你心里头难受；但是你不能怪了佛去！佛已经看见你所做的，他最喜欢你这样的平凡人，心里总有苦楚，才显得他有作用。"

胡文青长长地吐了口气，把眼睛望出窗外，望了很远很远。

这一天下午，他跟阿顺一直立在窗前，看狂风暴雨，天地混沌；脑子里一片一片的，前世今生，什么都有。两个前造反派、现在的佛教徒，偶尔也会说上两句，然而所说的永远不及所想的，在那语言达不到的深处，他们困惑、苍茫。雨下得更大了。

后来天晴了，夕阳出来了。隔壁的厂

区里,有工人成群结队地往外走,他们勾肩搭背,追打,嬉笑;胡文青把这一切看在眼里,在他二十三楼的文青楼上,能看到不远处的中央大街,此时,街上人满为患,——正是下班的高峰期:人群小如蚁虫,车队像甲壳虫,一排排地在试图往前挪、挪、挪。

胡文青看不见他们的脸,听不见他们的抱怨、吼叫,知道他们是活在今天;他的眼睛突然掠过了眼前的景象,回到了四十年前……心里想着,今天的这些人,若是活在四十年前,谁知道他们中谁会变脸,变成什么样的人?谁知道他们中谁会哭泣,谁会仰天长啸,谁会变得狰狞,以至于他们自己竟不自知?

然而现在他们都是好人,这些正走在中央大街上的人、走在他厂区里的人……他们追打、嬉笑;抱怨,吼叫。他们都是平凡人。

化　妆

一

十年前,嘉丽还是个穷学生,沉默,讷言,走路慢吞吞的。她长得既不难看,也不十分漂亮,像校园里的大部分女生一样,她戴着一副厚眼镜。

嘉丽不知道自己的眼睛有多美:大,安静,灵活,时常焕发出神采。有一次,一个男生跟她说,你的眼睛里有光。嘉丽说,谁的眼睛里没有光?那个男生看了她一眼,笑道,我是说……你的脑子里。你的脑子里有光。

嘉丽一阵害羞,她知道他在说什么了。嘉丽平时默默无闻,很少引人注目,她是个平庸的学生,精力既不花在学业上,也不像一般的女生，花在恋爱和穿衣打扮上。整天，她的脑子里会像冒气泡一样地冒出很多稀奇古怪的小念头和小想法，那真是光，磷火一样眨着幽深的眼睛；又像是蚊虫的嗡嗡声，飞绕在她的生活里，赶都赶不走。有时候，她像是被这些念头和想法给吓坏了，担心有一天会被它们所驱动，一不小心做出什么惊人之举来；但有时候，她又像是乐在其中，沉浸在一种无与伦比的激动和快活里。

大学四年，嘉丽生活得还算平静，没有人知道她在想些什么，而且谢天谢地，她也并未做出什么荒唐事来。

大学最后一年的那个秋天，嘉丽被分派到邻市的一家中级法院实习。就在这短短的半年见习期内，她爱上了她所在科室的科长，并且和他发生了关系。他姓张，一个三十多岁、精明强干的法官，有家室，是一个八岁男孩儿的父亲。他的家庭看上去还不坏，办公桌的玻璃台板下就压着这一家三口的合影，坐在春天的草坪上，两个中年夫妇带一个孩子,眼睛望到虚空的某个地方,安静而矜持地微笑着。嘉丽难过了很久。

嘉丽就这样不可救药地堕入了一段恋情里,她那么笨拙,沉迷,忧伤,还来不及有恋爱经验,学校里有那么多青春年少的男孩子,可是嘉丽能抵挡住这些男孩子,却抵挡不住这样一个男子。她的办公桌就在他的对面,有时不经意的某个瞬间,两人的眼神会撞到一起,随即分开了。嘉丽简直不敢看他的眼睛,那样的沉着,静美,他看上去比实际年龄要年轻一些,架着秀郎镜,举止温和,风度翩翩。

一个星期四的下午,天突然下起了雨,办公室的人都出去办案了,只剩下嘉丽一个人,她在翻一张旧报纸,不时地拿手去搂一下肩膀。这时她听到对面有一个声音说,冷吧?

嘉丽并没有吃惊,她大方而镇静地朝他笑笑。他显然刚从酒席上回来,头发湿漉漉的,身上有雨和酒混杂的气味。他立在办公桌旁摸索一通,拢拢文件,放在桌子上磕磕。有一瞬间，他的眼睛像是瞥过了嘉丽，神情有点呆呆的。他起身去脸盆架旁拿毛巾，走至嘉丽身边时却又站下来，问她一些工作上的事。嘉丽把手肘撑在桌子上，从敞开的喇叭袖薄毛衣里露出葱管一样青白的手臂。她并没有看他，然而她知道，他的眼睛一定落在她的手臂上，一寸寸的像蚂蚁在爬。

嘉丽放下了手臂，很吃力地摊在桌子上。他上前捏捏她手臂外面的衣袖说，穿得这样少！嘉丽吃了一惊，那完全是他的低吟，像咬着她的耳垂，朝耳膜里轻轻地吐着气。

约会是在两天以后，周日的一个傍晚，他来宿舍找她，手里拿着一摞文件，急匆匆的样子，一路上和同事打着招呼，敷衍了很多话。进门的时候话倒又少了，坐在椅子上，一言不发地看着她。两天不见，他邋遢了许多，胡子拉碴的，一副疲沓相。他告诉她，他睡得不好。嘉丽的身体紧了一下，她明知故问道：怎么啦？

他低了低眼睑，站起来一把搂住了她，

嘴唇直拱进她的耳朵里,说了些谁也听不清的糊涂话。

两人都知道,这是一段毫无希望的恋情,况且,嘉丽的日子不多了,再有两个月,她就要回到学校,接受分配。躺在一起的时候,他时常扳着手指算道,还有四十三天……三十二天。越发要发疯的样子。有时候,他也会静下来,认真地打量她,像是从来不认识她似的,要把她吸进身体里。他说,嘉丽。

嘉丽应了一声。

他又说,嘉丽。

嘉丽扯扯他的头发,笑道,怎么啦?

他咕哝道,我只是想喊喊你的名字。

嘉丽的眼睛突然一阵发涩。在这一刻,她发现这个男人爱她,当他们躺在床上的时候,当他触碰到她的身体……他爱她。他破例说很多话,跟她掏心窝子:他们单位,谁和谁好,谁和谁不好,他这科长是怎么升上去的,他是苦孩子出身……他妻子是怎追的他，人人都说她好，可是他恨她！结婚十五年了，不在一起睡觉已经七年了。

他和嘉丽亦很少一起睡觉，因为没有机会。每天朝夕相处，各自的眼角里会带上对方的衣袂，一只手，一缕头发，半张脸，可是没有机会。他像是急了，偶尔会猛一抬头久久地瞪着她，像是攒了一身的力气，全然不顾别人看见与否。嘉丽赶忙低下头，她不敢理会，他疯了。又有一次，他借故走到她身边看一份文件，一边说着话，一边在文件上指点着，另一只手却摸摸索索塞进她手心里，在里面横冲竖撞的。嘉丽惊恐地看着办公室里的其他人，身上兀自冒出冷汗。很多年后，嘉丽想，这男人是有点穷凶极恶的。

他不过是想和她睡觉，他繁忙，嘈杂，怯弱，每天被形形色色的人包围着：他的上司，同僚，打官司的人，朋友，他的老婆和孩子……他只有很少的时间给嘉丽。好不容易偷闲把她带到宾馆里，吃完了饭，就急匆匆地抱住她，把脸藏在她的胸脯里，一刻也不能消停。嘉丽叹了口气,因为她爱他,她得服从他。

嘉丽究竟不知这男女之事有何乐趣可言,她爱他是因为他身上有一些别的,那细微的、很多人都不注意的:他的头发,衣着,安静下来时像黄昏一样的眼神;他的孩子气,喝醉酒时会跟她胡闹,说同事的坏话,把桌子拍得叮咚响;他人前神气活现的样子……有一天晚上,他突然对着她哭了,他说他不如意,很失败……如果他清醒,如果他老婆不呼他回家,嘉丽会了解到他的痛苦,然而他走了。

那天晚上,嘉丽才明白她爱的是这个男人的痛苦,那谁也不知晓的他生命的一部分。有一天下午,两人站在高楼的窗前,他从身后抱住了她,孩子一样把头偎在她的肩上,嘉丽突然一阵哽咽。他不作声,把手罩在她的眼睛上,眼泪掉一滴,他就擦一滴。后来他把她扳过来,愧疚地说,嘉丽,我不能给你什么。

嘉丽含着泪，微笑着，很慢很慢地摇着头。她不需要。这是她生命中最美的一段，她二十二岁，有着枝繁叶茂的正在开放的身体。很多年后，她一定会记得这一段，记得这个男人，因为他曾陪她一起开放过。

嘉丽很穷，她每月靠父母从邮局汇来的生活费过活，下面还有一个正在读大二的弟弟。她父母都是普通工人，举债供她姐弟俩念大学，因着这一层，嘉丽总是记得。有一年暑假，她跟一个女同学回家住几天，那女同学比她高大许多，她母亲便把女儿从前穿剩的衣服送与嘉丽穿，嘉丽不要。她母亲说，你看，都是旧衣服，也不值什么钱的。

嘉丽顿时泪落。

她不能忘记她的穷，这穷在她心里，比什么都重要。她要时刻提醒自己，吃最简单的食物，穿最朴素的衣服，过有尊严的生活。有时嘉丽亦想，她这一生最爱的是什么？是男人吗？是一段刻骨铭心的情感？不是。是她的穷。待她年老的时候，不久于人世的时候，她能想起的肯定是这一段黑暗的日子，大学四年，她暗无天日。她比谁都敏感，她受过伤害，她耿耿于怀。她恨它，亦爱它，她怕自己在这个字眼里再也跳不出来了。

实习的这段日子，嘉丽跟着科长出入过一些大饭店，他带她去最豪华的歌舞厅，他一掷千金，然而嘉丽知道他用的不是自己的钱；他本人没什么钱，他亦很少送嘉丽礼物，只有一次，他去外地出差，回来的时候给嘉丽捎了一只戒指，嘉丽抵死不要，她穷惯了，她不需要什么戒指，戴在手上很不像；她不甚懂黄金的行情，然而她有一个姨曾买过戒指来着，个头比他的大，做工也精致，据说近千元，嘉丽估量这一只至少也有四五百元，这么一想，更加不能要了。

科长很伤心，他说，嘉丽，我没有别的意思。

嘉丽说，我知道。

他把戒指重新拿出来，给她戴上，嘉丽

微笑着把它脱下,他再戴上,她再脱下。他生气了,阴沉着脸坐在一旁不说话。嘉丽觉得抱歉,她爱他,她就不能收他的东西,这不是别的,这是戒指,戒指是钱买的。她不能收钱。

隔了半晌,他才说,嘉丽,我对你是认真的,我不能给你别的,我只有这么点东西……我不知道怎样对你好!

嘉丽最终收下了这只戒指,自此,他再也不敢提礼物的事了。然而衣服总是要送一点的,嘉丽太不修边幅了,一身寒素,有一次他忍不住跟她说,嘉丽,你其实挺好看的。

嘉丽"噢"了一声笑道:其实?!

他说,你只需稍稍打扮一下。

嘉丽不说话了,这是她的痛处。谁不喜欢打扮?谁天生会跟漂亮衣服过不去?她看着大街上那些花枝招展的美女……她不看她们,她鄙视她们,恨她们!可不是,这还是钱的问题。

隔了几天,他去百货公司为她挑衣服,

又怕她拒绝,便事先跟她打招呼:这次你不能过分!嘉丽意意思思地收下了。她不甚喜欢这些衣服,样式陈旧,颜色过于鲜亮……嘉丽突然怀疑起这衣服的价格,心里一阵紧张。后来,她到底没忍住去百货公司看了,结果让她很伤心,他买的是最低档的衣服,他舍不得钱。——他只送她这一次衣服,她跟他睡了半年,他舍不得钱。

嘉丽重新拿出戒指来,想去金店估一下价,冷笑一声,到底罢了。有什么意思?这不是钱的问题!他不爱她,这才是真的,纵使他在她身上花过一些银两,也是应该的。嫖娼还要付钱呢。她算道,这半年他在她身上花的钱不足一个嫖客的二次嫖资。二次!她几次?嘉丽哭了,她的价位还不及一个娼妓。

嘉丽不能忘记,有一次她跟他说起结婚时,他脸上放出的暗淡难堪的笑容,他软弱地抚着她的头,坚定地说,他……他不能离婚,他得顾忌到自己的仕途。她是个好孩子,理应明白这一点。他老婆纵有千般不是，然而——然而嘉丽迅速地擦掉眼泪，更多的眼泪掉下来。她为自己伤心。没有人会像她那样爱他，视他若生命……他只想跟她睡觉。

临走的那天下午，他们又睡了一次。他送她到火车站，离发车时间尚早，他把行囊寄存了，便带她穿街走巷找到了附近一家小旅馆。嘉丽该永远记得那家肮脏的私人旅馆，踏上屋顶上结满蜘蛛网的摇摇欲坠的楼梯，她的心都灰了。她也奇怪，她怎么会爱上这么一个人，没有志趣，急吼吼的。房间里只有一张床，床单上有前任房客交媾的遗迹。

嘉丽欲和他说些别的，他看了一下表，笑道，快点，还来得及。嘉丽像发疯似的抱住他，剥了他的衣裳。春天的窗外，突然开出了一枝夹竹桃，嘉丽没有想到，在这样的环境里，也能看见花，看见夹竹桃。

隔了一会儿，他像是享受似的叹道，好久没有……这样放荡过了。他说了真话，很有点不好意思，搭讪似的摘下眼镜，噘起嘴吹吹，不待擦就又戴上了。嘉丽觉得自己是隔着很远的距离来打量着这个淫客,她有点不认识他,也再不想见到他。她甚至开始恨这个城市,在这里生活了半年,它弄了她一身脏气。

他看着嘉丽,捧起她的脸,在那极漫长的瞬间,他像是起了感情,长久地沉默着。他的神情单纯,沉郁,镜片上有西窗太阳的光芒。他说,嘉丽,我们以后再也见不着了吗?

嘉丽摇摇头。

他说,我会去找你的。

嘉丽听着他的声音,一字一顿的,像来自另一个世界。他一下子抱住她,轻轻地咬着她的耳朵,头发,脖子,手指,衣裳……有一瞬间,嘉丽也迷糊了。她恍惚觉得他们是爱着的,他身体满足了,他知道爱了。现在,嘉丽宁愿相信是自己错了,她冤枉了他。从前,她不懂男人,她太小心眼,她对不住他。男人是最奇怪的物种,他动物凶猛,他不擅长表达……然而他是爱着的。

他像是想起了一件最重要的事,突然从

身上摸出三百块钱来,塞到嘉丽的衣兜里,说,拿着,给自己买点东西。

嘉丽一下子被惊醒了,她瞪大了眼睛,说不出一句话来。她没想到他会来这一招,她刚跟他睡过觉,他就给她钱!她咧着嘴巴,一点点、细声地哭出来。

他不能理会她的意思,竟慌了,语无伦次地安慰她:这钱……嘉丽,你先拿着,我知道你用得上。一回到学校,你就会忘掉我的——他的声音突然低了,变得软弱,卑贱,说话时有颤音:我对不起你……钱不多——

嘉丽突然从床上一跃而起,塞住耳朵,对着他的脸发出了那一天在火车站附近都能听到的尖叫声。

二

这十年来,嘉丽过得还不错。她留在了她母校所在的城市,先是不停地跳槽、换工作,直到四年前,她和同伴合伙开了一家律师事务所,后来同伴退出,她一个人把事务所撑下来。这两年,事务所的状况明显地好转了,她雇了几个员工,在市中心的黄金地段供了一户写字楼,每天,她开着那辆黑色的"奥迪",驰骋在通往乡间别墅的马路上……

嘉丽不明白自己为什么会把她的生活弄得这样……奢华,流于表面化。没错,她有钱,她付得起这个钱。可是,很多有钱人并不都是这样生活的,他们简朴,含蓄,从来不乱花一个子儿。嘉丽不。她明知她的这些钱全是花给她自己看的,坐在五星级酒店的旋转餐厅里,所有人都不认识她。她静静地吃着,一顿午饭花它个六七百块钱。

嘉丽不快乐。有时她想,为什么钱到了她手里,就突然变得没意义了呢?这些年来,她不就是为这个而活着的吗?可这些年来,她无聊,空虚。她只是个朴实的孩子,自小家教严明;她常会念叨起自己的穷,没有人鄙视她——可是她曾经穷过,这才是真的。有一天晚上,她回到寓所里,突然想起自己这三十年,谈过几个男朋友,最后都走了;她的大学时代,她不能忘记那个叫许嘉丽的学生,她的眼睛里时常闪着光,她的脑子里有很多狂想。

嗬,那些稀奇古怪的、就连她自己也不甚明了的狂想……现在都走了,一个也不剩了。嘉丽突然一阵丧魂落魄,她想哭。她坐在沙发上,后来滑到地板上,她几乎匍匐在地板上,痛苦地蜷缩成一团。

一天中午,嘉丽接到一个电话,她拿起话筒,只听那边"喂"了一声,她就知道他是谁了。十年过去了,纵使他已经死了,变得灰飞烟灭了,她也辨得出他的声音。她只奇怪,他怎么找到她的。这些年来,她做的最为骄傲的一件事,就是成功地摆脱了他。他的那一页翻过去了。

最初的几年,她还不能。她时常想起他,夜深人静的时候会突然从床上坐起来;

有时走在上班的路上：清晨的巷口，嘈杂的公交车站牌底下；黄昏时坐在路边的修鞋摊上补鞋子……常常就泪如雨下。很多人看见她在哭，可是不知道她为什么哭，为谁哭。她从未给他打过电话。

有一年春节，他把电话打到她父母家里，嘉丽这才想起，当初她给他留过家里的号码。他问她好，又简单地说了些自己的情况，突然叹了一口气道，嘉丽，我想你。

嘉丽一阵怆然，近乎恼恨。她父母就站在一边，狐疑地看着她，她不便说什么，匆匆地挂了电话。后来她叮嘱父母，不要把她的联络方式告诉任何人。她父母或许是忘了，所以隔个一年半载，他总能找到她，很忧伤的声音……嘉丽便想着该换电话了。

最后一次通话是在六年前，嘉丽明确地撒谎，她已经结婚了。那边一阵沉默。隔了很久才问道，还好吗？

嘉丽说，很好。

他不再说什么，从此挂了电话。

嘉丽决定见见张科长，既然他已经来到这个城市。——他是来出差的。刚才他在电话里说，这些年来，他一直不能忘记她，常常想起她。

他是鼓足勇气才打这个电话的。他说，这几年，他总有机会来这里出差，有时走在街上，他希望能在千万人群里碰见她，有一个声音招呼他，有一只手从身后拍拍他。他突然说，嘉丽，你变了吗？

嘉丽低头想了想说，我老了。

他说，我也老了。

嘉丽抱着话筒，拿圆珠笔的那只手在空中顿了一下，她相信，他是真的老了。她这才发现自己很残忍，他们都老了。她最年轻的一段是给他的，她竟不留恋！她心一软，又一次撒谎道，我已经离婚了。

那边一阵唏嘘，电话里不便多说什么，便约晚上见。

下午的这四五个时辰，嘉丽准备去美容店做一下头发，精品店里买几件衣服，然后回家休息。她估计今晚和他上床是免不了的,既然他们十年未见,况且她又是离过婚的。总之,上床是一定的,要不,太说不过去了。

下面的这件事情,是嘉丽走到一家旧货商店门口偶尔想起来的。她害羞地推门进去了,肥胖的老板娘大概是第一次迎来这位衣着时髦的顾客,跟在她的后面不免吃吃艾艾的。嘉丽在旧竹筐里挑了几件遭淘汰的学生衫,样式笨重、失去光泽的旧皮鞋,一件松松垮垮的对襟黑线衣,放在身上比试一下,满意地笑了。

现在,她很明确自己想干什么了,她要化妆,变成另一个人,那个十年前的自己:暗淡,自卑,贫困。她将重新变得灰头土脸,默默无闻。嗬,没有人会记得她的灰姑娘时代,那像被虫子啃蚀过的微妙的难堪和痛苦,那些羞辱……没有人会记起十年前的她,包括她的父母和弟弟,可是他记得,因为他只有这一段。

嘉丽的内心突然一阵温润,以至于开始颤抖。她全身心地投入到这次行动中来,她第一次发现,三十年了,没有哪件事会让她如此激动。她飞车行驶在乡间公路上,看见田野的风扑面而来,这是树叶、麦苗、金黄的油菜花盛开的季节,多少年了,她的生活中不再出现这样的颜色了?现在,她看着它们,一路飞驰而过,一路微笑叹息着。

嘉丽捯饬了一个下午,才把自己弄得比较满意。现在,她站在镜子前,仔细地端详着自己,自以为是无可挑剔了。镜子里的这个女人,看上去有三十岁左右,她戴着一副厚眼镜(这是她从废物箱里找出来的十年前的那只),眼神疑虑、呆滞。她面色苍黄,皮肤干燥,勉为一笑的时候,眼角有鱼尾纹。她的衣服倒是干净利落的,像是经过精心搭配,然而一看就知道是地摊上的便宜货;她分明是要见某位重要的客人,所以破例地涂上口红,像第一次涂口红的人一样,她犹疑,不踏实,所以涂涂擦擦,最后变成一种让人不安的颜色。

总之,这样的一个女人,每天大街上都能看见很多,她平庸,相貌寻常,一看就知道是出身底层,她……她是一个穷人。

嗬,一个穷人。嘉丽的身体竟一阵簌簌发抖。谁能够知晓一个穷人的痛苦:她的委屈和恼恨,她的消沉,她的伸手不见五指的黑暗……嘉丽含着泪看着自己,现在,她真的相信一件事情:她变回去了。十年的时空突然倒转,十年的奋斗付之东流。仅仅是两三个小时之前,那个光彩照人的新女性许嘉丽,现在想起来就像一场梦。

嘉丽突然很伤心,她扶着墙壁,跌跌撞撞地走到客厅的沙发前,歪在了上面。她打量着这偌大空间里的一切:灯饰,精巧的吧台,巨大的投影电视,楼梯的玻璃踏板。落地窗外一片绿色的草坪,邻居的小孩子和一只狗。一只皮球滚到草坪上,一束阳光跟着它们跑。

她认真地看着这些,仿佛有一天会失去

它们；这本属于她的一切，她要把它们全记在心里。

嘉丽就这样走出了家门，一步一回首的，她先是把车开到市区的某个地下停车场。走出来的时候，已是黄昏时分，街上有夕阳的影子；正是下班高峰，许多人像树叶一样纷至沓来，嘉丽立在路边呆了呆，一时竟无所适从。

就在这时，她看见一个男人从街对面走过来，此人叫李明亮，某证券公司的老总。两年前，因涉及一起证券纠纷和嘉丽有过短暂的接触，后来，嘉丽帮他赢了这场官司，从此便有了些交往。看得出，他对她似乎有点情意，偶尔会打个电话致一声问候，前不久，他还请她喝过一次下午茶，两人暧暧昧昧的，即便谈的仅仅是工作的一些事。

嘉丽没想到，她出门第一天就遇见熟人！现在，他朝她走过来了，他似乎看见她了……嘉丽惊恐地立在路边，根根汗毛直竖。她的第一个念头,就是转过身去,发足狂奔,她要避开所有人,认识的,不认识的……嘉丽突然听他"咦"了一声,一抬头,他已站到她面前。

她一下子屏住了呼吸。两人都疑惑地看了对方一眼,他不介意地笑笑,说,认错人了。

是的,认错人了。嘉丽的身体一阵发软,她把手搭在电线杆上。他走了。现在她知道,再也不会有人认出她了,她的朋友,亲人……总有一天,他们都会唾弃她。

现在,她要迫不及待地去见一个人,只有他能认出她,哪怕她老了,丑了,衣衫褴褛,沦为乞丐。——只有他会相信她:只要她站在他面前,哪怕不说一句话,他就知道:她是她。

她犹犹疑疑地去坐一辆公交车(真的,她竟没想起打出租),一路上,她低着头,就像做贼一样,小心谨慎地看着周围的行人,每个人都很匆忙,冷漠地走着路。嘉丽第一次以异样的眼光来看着她周遭的世界:

那些西装革履的男子,以及刚从写字楼出来的浓妆淡抹的小姐……若在平时,他们必互相打量一眼,每人心中一杆秤,称出对方的容貌,身份,地位,年薪……可是今天,任她怎样看,他们绝不回敬她。

嘉丽突然气怯,她远远地站在一边。他们瞧不起她,瞧不起穷人。她心中不由得一阵嫉恨,他们凭什么?谁给了他们这样的权利?这些大公司里的小职员,他们站在公交车站牌底下,旁若无人,气定神闲……她,她感到艳羡。偶尔,她眼睛的余光会偷偷地扫上他们一眼,即便此时,她还不能忘记自己的身份,朝心中吐了一口唾沫说:就你们!平时来巴结我的可都是你们的老板!

车来了,她混在人群中,几乎脚不沾地地被送上车去。车厢里有一股汗馊味,这是嘉丽多么熟悉的气味啊,她腾出一只手来,急忙捂住嘴巴,一阵呕吐从胸腔里被送上来。这拥挤在一起的无数张的脸孔,黄色的,紧张的,扭曲的……嘉丽看着它们,热爱它们，这是她过去生活的一部分，而现在，她离它们远了。只有她自己知道，这些年来，她过着怎样的堕落生活，她背叛了她的贫困，也背叛了她的人群。

她身子前倾，手越过无数的人头，直塞进吊环里；因为激动，她的脸涨得通红；售票员用扬声器一遍遍地喊：上车请买票，下站安华里，上车请买票。嘉丽把身子往人群里钻了钻，不声不响地宣布了她的逃票计划。

是的，她要逃票。一块钱对她来说不算什么，可是对一个穷人，它意味着一碗鲜肉小馄饨，三块烧饼，去理发店里剪一次头发；如果能接二连三地逃票，意味着能买一双球鞋，花花绿绿的汗衫和短裤……对她，它意味着一种全新的生活。

嘉丽从未逃过票，现在她站在人群里，一双警惕的耳朵很注意听四周的动静；她把身子稍稍弓着，想想不妥，重新直起腰板来，若无其事地眯缝着眼睛，看车窗外的街景。公共汽车徐徐前行，它拐了个弯，趁这间隙，嘉丽轻轻喘了口气，不由得想：这趟汽车将把她的生活带往哪里呢？

汽车停下了，嘉丽跟着一部分乘客往外走；售票员正在检票，她的头就像拨浪鼓，前门后门，左一下右一下。嘉丽是从后门下的车，连她自己都不防备，就在售票员把头转向前门的那一瞬，她一下子拨开人群，兔子一样蹿下车，沿着街巷一路狂奔；很多人停下脚步，吃惊地看着她，嘉丽不在乎，因为她知道，她的黑夜降临了。

三

嘉丽风尘仆仆地赶到科长下榻的宾馆，已经晚了一个多小时。穿灰制服的服务生站在大堂门口，他稍稍弯下身子，一只手背在身后，另一只手为一个行将走下出租车的乘客拉开车门。也不知出于怎样的奇怪心理，嘉丽看了他一眼，他也看了嘉丽一眼；嘉丽讨好地朝他笑笑，正待往里走的时候，他叫住了她。

这是一个二十岁左右的相貌堂堂的小伙子，他先是打量她一眼，年轻的脸上有狐疑但克制的神情，他问她去哪里；嘉丽愣了一下，脸刷地涨红了。噢，这里不是她来的地方！她不理他，径自往里走。他突然伸手一拦，挡住了她，平静而冷漠地说，请问你找哪位客人？嘉丽突然被激怒了。她挑了挑眉毛，盯着他看了半晌才道：你说呢？

他低了低眼睑，双手下垂，训练有素地说，我不知道。

你不知道你问什么？嘉丽的声音突然高了八度，大堂里有很多人朝她看过来。一个看上去像大堂经理的先生匆匆赶过来，问发生了什么事。

嘉丽突然哭了。这一天她的生活到底发生了什么？她怎么了？经理和服务生耳语了一阵，然后搓搓手陪笑道，对不起小姐，刚才发生了一点误会——

误会？嘉丽一下子炸了，这帮势利的、

唯利是图的小人！她指着大堂里来来往往的顾客说，你们为什么不对他们误会？撒泡尿照照自己的影子，你们敢吗？我要投诉你们，王八蛋，等着瞧吧，我是律师——她突然噤了声。她在说什么！天哪，她是律师？

人群里有人捂着嘴在笑，嘉丽这才发现她的身边三三两两地站了一些人：饭店的清洁工，前台小姐，几位西装革履的闲客……大家都在以一种奇怪的眼神看着她，似乎在等她还能编出哪些可笑的话来。两个身材威猛的保安一左一右把嘉丽夹在当中，他们早就不耐烦了，不时地朝经理递眼色；如果不是看在这个泼妇说话利索的份儿上，他们早把她当疯子抓起来了。

嘉丽开始意识到事态的严峻性了，她丢不起这个人。今天她是来会见旧情人的，还有很多重要的事等着她去做……她忍了忍，哽咽着跟经理说出了科长的名字，在哪个房间。

嘉丽像影子一样，摇摇晃晃地向电梯走去，她把头贴在电梯冰冷的壁板上；在电梯门行将关上的时候,她和目送她的人群敌意地对视着。她恨他们。嘉丽闭上了眼睛,一行清泪从她的睫毛下面滚落下来,流经鼻凹,淌到嘴里。现在,她明确地知道,她恨这个世界,恨所有人。

科长老了。他打开门笑吟吟地站在她面前的那一瞬间,嘉丽一阵灰心。她早该知道他老了,有好几次,她甚至把他想象成一个白发老翁,拄着拐杖,佝偻着腰;然而他绝无这样不堪。一个四十六岁的男子,老得很恰当;他皮肤松弛,眼袋下垂,而且也胖了。嘉丽不由得感叹时间不公,造物是件奇怪的事,十年光阴就把一个男人弄成这样子!原来的风流倜傥哪儿去了?

他穿着一身藏青西服,把手放在门把上;十年的相思仿佛全集中到那一刻他的凝视里了。他吐了一口气,轻轻唤了声"嘉丽"。

嘉丽有点不好意思,侧着身走进房间里。现在,他就坐在她的对面,有很长的一段时间,两人都不能开口说什么,他们甚至不敢看对方一眼。是啊,十年……什么都毁了:容颜,爱情,生活。嘉丽一阵恍惚,不能相信他们已经认识了十年! 而她这十年是怎么过来的? 她摇了摇头,竟什么也想不起了。

他把手从桌子对面伸过来,嘉丽握住了它。他一用力,嘉丽就把头磕在他的手腕上,身子不由自主地侧倾,绕过圆桌,一下子跪在他面前。

他把手插进嘉丽的头发里,一下一下的,一边问,嘉丽,这些年你还好吗?

嘉丽的鼻子突然要发酸,几乎落泪。

他俯下身,把脸贴着嘉丽的头发。他从椅子上滑下来了,抱住了嘉丽。

嘉丽把头藏在他的胸脯里,就在这时她闻到了他身上的一股气味,这气味从他的v字领的羊毛衫的领口散发出来,嘉丽嗅得出来,这气味在他的身体里,四肢、胸脯、鼻息里,这是衰老的气味,俗称"老人味"的。

一个四十六岁的男子,这气味来得早了

些;嘉丽皱了皱眉头,心里一阵厌恶。她迅速看了他一眼,觉得和他上床是件不能忍受的事。

现在,嘉丽开始说话了,这才是她此行的真正目的。为了消除因激动带来的紧张感,她先做了两次深呼吸。她跟他说,这十年她过得……挺不容易的。她的语调平静而忧伤,像沉浸在一件久远的往事里,很认命。

十年前,她被分配到一家国营企业的法律部门,丈夫是同厂的一个工会干部。那时候,"国企"的效益已经很不好了,两人一商量,决定由他下海开一家花木公司,钱没挣几个,女人倒赚了不少。后来就离婚了。两年前,她所在的工厂也宣布倒闭了,所以她现在是一个无业游民,换句话说,是一个下岗女工。

说到"下岗女工"时,嘉丽顿了一下,她按了按胸脯,她看到她的情绪已经开始飞扬了,不受控制了。

在她说话的时候,科长偶尔会打断她,

问她一些细节。嘉丽不缺细节,她以她那惯常的、没有表情而呆板的脸对着科长,继续说着她那莫须有的往事。偶尔她会看他一眼,她的眼睛直愣愣的,有时也会眨一眨。

科长坐在床边的地毯上,托着腮,神色沉重。他在认真听。他说,嘉丽。

嘉丽应了一声,抬头看他。

他犹豫了一下,到底还是问了:他是怎样的一个人?

嘉丽猜度他的心思:在这个问题上他不愿停留太久;两个有外遇的男人,两种结局,他不能把自己逼到一个尴尬的位子上。好在嘉丽对离婚也不甚感兴趣,她摇了摇头,表示不愿谈她的前夫,又继续她那穷困潦倒的生活话题了。

嘉丽只对这个感兴趣,一说起穷,她能激动得浑身轻颤,她的眼睛会发出神采,她的呼吸意外地急促,以至于有时不得不停下来,大声地咳嗽两声。她做过家教,在私人公司当过法律顾问,被人炒过鱿鱼,最困难的日子,她坐不起公交车,手里只剩下三毛钱了,不得不打电话向一个朋友求救……原以为大学四年,她会苦尽甘来,可是谁能想到呢?

她深深地吸了口气,不能再说下去了。她把自己描述得如此不堪,她伤了她的心。科长上前搂住她,嗫嚅了半天,想不出一句安慰的话来。隔了很久,他才说,嘉丽,你怎么会这样?——怎么会这样?嘉丽看着这张脸,直到它在她的眼前完整地呈现……她扑在他的肩上,发出了这三十年来最撕心裂肺的一声哭喊。

他领她去楼下找一家小饭店,吃饭的时候,他不太说什么,一个劲地往她碗里挟菜,说,这是猪肝,你多吃点,很补的。

嘉丽简直感激涕零。这个世界上,不会再有像他这样的好人了,他瞧得起她,他爱她。有一瞬间,嘉丽甚至想重新恋爱了。十年前的一切,她准备既往不咎。她恨他是没道理的,纵使他在她身上花过一些银钱,可是哪个恋爱中的男子不在女人身上花银钱?这是天经地义的事。她不该拘这个心,她太小气了。从前,到底因为穷,她见不得钱。上次他在小旅馆塞给她的三百块钱,她一直留着没用,太有纪念意义了,像是她的"卖身钱"。

两人喝了点酒,回到房间来。嘉丽觉得自己是醉了,利索地脱掉毛衣,躺到了床上,拿眼睛看着他。她以为他会奔过来,然而没有。他笃定地坐在窗边的椅子上,把身体沉沉地陷了进去,架着腿在抽烟。

他似乎在想些什么,灯影下脸红扑扑的。他突然抬头看了嘉丽一眼,嘉丽一激灵,他幽暗的眼睛里有什么东西是意味深长的。隔了一会儿,他掐灭了烟,走到她床边坐下来,搭讪了一些别的事。后来,装作不介意地问,嘉丽,这些年你是靠什么生活的?

嘉丽不防他会问这个,想了想笑道,还能靠什么?打零工,靠朋友的接济,偶尔也借点钱。

他"噢"了一声笑道,靠朋友的接济?男朋友还是女朋友?

嘉丽一下子坐起来,认真地看了他半晌,方才笑道,当然是男朋友。

他哈哈笑了两声,表示并不在乎,错错牙齿说,多吗?

嘉丽再是涵养好,也忍不住了。她跳下床来,穿起衣服就要走人。他慌忙拦住她,把她抱紧,说道,嘉丽,你听我解释——

嘉丽推开他,后退几步倚到写字台上。现在,她再也无须伤心了,今天她哭过多少回了?失望过多少次?被多少人欺侮歧视过?一切都过去了。

她唤了一声他的名字,跟他说,你不用害怕,我身上没有脏病,但是我没有卫生证明,信不信由你。

他坐在床头,很是发窘,兀自拿手拭拭额角说,嘉丽,你误会了,我只是开开玩笑。

嘉丽居高临下地看着这个男人,她想

啐他。他不是坏人，可是他龌龊，懦弱，无聊。嘉丽说，你有脏病吗？

他吃惊地看着她，摇了摇头。现在，一件事情摆到了他们面前，两个人都心照不宣：这些年来，他以为她在卖淫；今晚她准备向他卖淫。

嘉丽转身向洗手间走去，关上门。卖淫的事是在一瞬间决定的，来得太突然了，脑子有点闷。她对着镜子照了照自己的脸。这一看，连她自己都大失所望。她看到自己老了，她本来就中等姿色，穿着一身农民工进城的衣服，完全塌相了。十年前，他看中她不过是因为她年轻，现在呢？她这才想起刚才在门口的第一次相见，虽是极力掩饰着，她也看出他的失望之情。

嘉丽反手撑在台面上，一用力，身体坐到了上面。现在，她什么都想起来了。在她痛陈革命家史时，他的奇怪暧昧的神色，把眼睛向上抬一抬，似乎在想些什么。他想的是钱——想着他应该给她多少钱，才算恰当。

他鄙视她，恨她：十年了，他想象中的许嘉丽是光彩照人的，他愿意看到她事业有成，家庭幸福。他来看她，或许是念旧情，然而更多的还是找乐子——有几个男人是为了女人的落魄来看她的？他愿意她陪他去公园里走一走，茶馆里坐一坐，说点私密话；如果有可能的话，上床睡一觉那是再好不过了。然而这一天，一切都垮了，她毁了他十年的梦。他最看不上的还是她说话时的下流态度，他为她感到难堪，他感到了惘惘的威胁：她在威逼他拿钱。

隔了很久，嘉丽才回到房间来，两人又闲闲地说了一会儿话。现在，最让他们难堪的恐怕就是一个钱字，迄今为止，这个字还没拿到桌面上来谈过；这个字就在他们中间，说话的时候它在话的背后，不说话的时候它就说话……它隐隐地在着，到处都是，一触即发。

有一瞬间，嘉丽开始于心不忍，她甚至想掉头走开，回家睡一觉，第二天衣冠楚楚地去上班。嗐,这恶梦般的一切让它结束吧,就当什么也没发生过。她今天一定是疯了!她为什么要扮成这样,看着人群在她面前出丑,看着自己在人群里出丑……她为什么非要捅破它?

科长咳嗽了一声,开始说话了。他抖了抖嘴唇,虽是经过深思熟虑的,但话到嘴边,还是哆嗦了一下。他老实告诉她,他没带多少钱,这几天又花了不少,所以身上所剩无几了。

嘉丽看着他,轻声地问了一句:剩下多少?

他皱了皱眉头,不能掩饰一脸的吃惊,问道:你要多少?

嘉丽说,你说呢?

他说,我不知道。

嘉丽说,你嫖过吗?

他摇了摇头。

嘉丽讥笑了一声,说道,你真是正派人。

他冷冷地看了嘉丽一眼,说,我不喜欢嫖。

嘉丽说,是啊,嫖要花钱的,而你舍不

得花钱。

他一下子愤怒了,把一张铁青的脸堵到嘉丽的脸上看了很久,说道,可是我在你身上花过钱,你别忘了——他用力地扬了两下手:我不欠你的。

嘉丽不说话,自顾自脱掉衣服,钻进被子里。夜深了,窗外的市声渐渐地熄去,偶能听见路边卖馄饨的一声清扬的吆喝,余音缥缈,也渐渐地熄去。

半夜里,他爬到她的床上来,黑暗里嘉丽只是睁着眼睛,脑子里一片混沌,她觉得自己太累了,所以又闭上了眼睛。第二天清晨他就走了,嘉丽一宿未眠,只装作假寐。他撞上门的那一瞬间,嘉丽起身查看他是否留下了钱,然而没有。嘉丽也没去追,大概他以为这一趟不值得付钱吧?或是他一生中最羞耻的经验?

现在,嘉丽一个人在街道上走着,天渐渐亮了,路上的行人也多了起来。一阵风吹过,嘉丽裹紧她那身破衣烂衫,像狗一样抖了抖身体。她上了一座天桥,早起的乞丐披着一件破风衣,蹲在天桥的栏杆旁等候客人,他冷漠地看了嘉丽一眼,耸耸鼻子,像是对她不感兴趣的样子,又低头想自己的心事去了。

嘉丽扶着栏杆站着,天桥底下已是车来人往,她出神地看着它们,把身子垂下去,只是看着它们。

乔治和一本书

嗬,成为他一夫多妻生活中的另一个自我!

特丽莎突然问:"照点裸体的怎么样?"

"裸体照?"萨宾娜笑了。

"是的,"特丽莎更加大胆地重复了她的建议,"裸体的。"

"那得喝酒。"萨宾娜把酒瓶打开了。

萨宾娜花了一点时间把自己的浴衣完全脱掉,又花了几分钟在特丽莎面前摆弄姿势,然后她向特丽莎走去,说:"现在该我给你拍了。脱!"

萨宾娜多次从托马斯那里听到命

令,"脱!"这已深刻在她的记忆里。现在,托马斯的情人向托马斯的妻子发出了托马斯式的命令,两个女人被同一个有魔力的字连在了一起。这就是托马斯的方式,不是去抚摸对方,向对方献媚,或恳求对方,他是发出命令,使他与一个女人的纯真谈话突然转向性爱,突如其来,出人意料,甚至带有权威的口气。

他也常常用这种方式对待妻子特丽莎,她从未拒绝过。现在她听到了这个命令,她燃起了更为强烈的服从欲望。顺从一个陌生人的指令,这本身就是一种疯狂。

——摘自《生命中不能承受之轻》

一

他在燕园附近有一套私房,是十几年前购置的。三十五岁,单身,肥胖,肉感(他自己说是性感,粗犷中带有清秀)。生活已完全地北京化。

其实他是香港人,叫乔治。他在北京交游甚广,臭名昭著,即使在自由随便的文化圈内也是声名狼藉。他是香港某杂志的头号负责人,P大的访问学者,一个花花公子。

他常在自己的寓所开"Party",被邀请的多是燕园的女生,有集体被邀的,也有个人。她们年轻,可爱,特别。最主要的,她们很现代。

乔治记得是在八八年的秋天,他在圆明园认识了外语系的漂亮女生佳妮。事实证明,这确实是他众多女友中最别具一格的一个。她难以让人忘怀。

他们互留了地址。乔治约会她:"我住在P大西门,往左拐二百米,有一座红楼——"

佳妮轻轻地笑起来,摇头说道:"这不好,我要你来接我。"

晚饭时,乔治在女生楼的窗下喊她。他仰

着头,看见站在窗口的佳妮和蓝天底下的一群鸽子,灰色的楼房,阴影,枯树的剪影。

乔治甚至看见了自己,孩子气地仰着头,久久地吹着呼哨。

乔治的房间里有很多书。他拿来英文版的小说《生命中不能承受之轻》,问佳妮:"你看过没有?"

佳妮摇摇头。

乔治轻轻念上一段。他的英文发音异常准确,鼻音很重,像个地道的英国绅士。有时候他会耍噱头,在个别音节上会露出马脚,佳妮欢喜地纠正了。

乔治给她介绍这本书的作者和时代背景,又说了些国外文学的现时状态。然后,他把书翻到中间的某页,也就是本章开头笔者引用的那一段,念了起来:

> 这就是托马斯的方式,不是去抚摸对方,向对方献媚,或恳求对方,他是发出命令,使他与一个女人的纯真谈话

突然转向性爱。

乔治停了一下,看着佳妮。佳妮不知所措地瞪着他。

乔治又念道:

> 嚄,成为他一夫多妻生活中的另一个自我!……萨宾娜花了一点时间把自己的浴衣完全脱掉,又花了几分钟在特丽莎面前摆弄姿势,然后她向特丽莎走去,说:"现在该我给你拍了。脱!"

佳妮赧赧地笑起来。

> 萨宾娜多次从托马斯那里听到命令……现在,托马斯的情人向托马斯的妻子发出了托马斯式的命令,两个女人被同一个有魔力的字连在了一起……顺从一个陌生人的指令,这本身就是一种疯狂。

念完了,两个人站了起来,好久没有说话。唱机上淌着德彪西的音乐,柔软的坐垫,高脚酒杯,香槟酒,虽是北京城的夜晚,也像。

乔治说:"现在该我说了。脱!"这次他说的是中国话,温和而坚定,甚至带有权威的口气。

他从佳妮的眼里看到了特丽莎式崇拜的神情。这神情,从他屋里穿过的每个女人都有。

二

乔治给我讲起这个故事是在七年后,那时我在P大中文系念大三。

我们是在一次舞会上认识的。乔治置杨于不顾(杨是我的男友),一连请我跳了三支曲子。乔治骨节粗大,肩胸宽阔。喜欢插科打诨,反应灵敏,是个轻浮之徒。那时他的身体渐趋发福,是肥胖的、中年人的身躯。他喜欢孩子气地仰着头,气宇轩昂地走路,说话,行事……毋庸置疑,他吸引了我。我想,他有点像过去时代的"老式"少年,鲁莽不失单纯。

就像七年前的佳妮一样,我被乔治带到

了他的房间里。

我看见在他的床头放了一本相册,里面有他和众多显赫人物的合影。这正是乔治的可爱,他甚至不知难为情。他喜欢粗俗的炫耀,直来直去,不会拐弯。他是个不谙世事的孩子。

他坐在我对面,拉着我的手。我看见了他那双纵欲过度的眼睛,眼睛下塌,有一些老态。

我们就这样坐等了两个小时。我是说"等"……真有点难以启齿。您知道乔治是干什么的,他把我带到他的房间来,又是晚上,拉着我的手一直从八点坐到十点……底下轮到我不安了。

乔治也有点不安。他那晚异常腼腆,拉着我的手时,我发觉他的身体竟在颤抖。我吃惊地看着他,问:"乔治,发生了什么事?"

乔治并不说话。他张着嘴巴看着我,有点犹豫。

又坐了一会儿,我站起身来说:"那我

回去了,你不送送我吗?"

乔治把我推到墙角,他畏畏缩缩地圈住我。我看见了他的眼睛,那是一双热情和胆怯的眼睛。是的,他想和我亲热,但是不知该怎么做。

乔治终于放弃了他的努力,老实说:"我弄丢了《生命中不能承受之轻》,中译本的倒是有,可是我念不出来。"

他悒郁地搓着手,有些手足无措。

我问:"这是件重大的事情吗?"他说"是的",他现在简直不知该怎么办了。

他又一次给我讲佳妮的故事,讲起七年前的那个晚上,那本书。这一次他讲得非常细致,我突然明白了,这不仅仅是一个男人如何去勾引女人的故事,这故事讲的是什么,我也不知道。我只知道,乔治用书去勾引女人,事实上,这样的伎俩在佳妮以前,和佳妮以后他一直惯用。他用得熟能生巧,没一次失手。

乔治告诉我说，书中的不少字句他还能记得。现在他只能背了。

他断断续续地背道：

> 这是托马斯的方式，他不是去抚摸对方，他是发出命令，使他与一个女人的纯真谈话突然转向性爱。现在，托马斯的情人向托马斯的妻子发出了托马斯式的命令："脱！"

乔治背到这儿狐疑地瞟了我一眼，近乎恳求。他神色慌张，声音粗鄙，整个人近乎下流了。我一下子讨厌他了。

我说："这是个相当糟糕的方式。你再也找不回那本书了吗？"

乔治在房间里来回踱步，他说："一直在找，让我再想想办法。总会有办法的。"

看得出乔治那晚一直在讨好我。冲了凉以后，他似乎恢复了些信心。脸上又有了专横的神气。

我们说了一些闲话。我频频地看手表，

示意这样的谈话可以结束了,我想回校。乔治不由分说把我的手表扔到了窗外,接着把自己的手表也扔了出去,说:"这样就没有时间了。"

我起身想离开,乔治一把拉住我靠近他的脸部。我闻到了他咻咻的气息,一种男性荷尔蒙气息。我厌恶之极。

我挺直了腰杆,正色说道:"你想干什么,你想强迫我吗?"

"我本来没想,不过现在我改变主意了。"他把我逼到墙角,脸上有惶恐之色。

我冷笑道:"你怕了吗?你害怕什么?你的那本英文小说丢了,你整个人早就完了。你垮了。哈哈哈……"我不顾一切地疯笑起来。

乔治松开了他勒住了我的手。这个可怜的家伙脸色苍白,眼睛发愣。半响,他哆嗦着嘴唇说道:"你知道吗,从见到你的那一刻起,我就想跟你做爱。"

"可惜你丢了那本书,你再也不知道该

怎么办了。"

"是的，"乔治说，"你走吧。一切越来越不像了。"

我抬脚跨到门外，信步来到大街上，然后疯跑起来。

我万没有想到，这个著名恶棍会败在我的手下，他受伤了，异常孱弱。其时我二十岁，和杨有过两次欢爱，但并不热衷。

然而不可否认的是（这非常糟糕），从那天晚上开始，我爱上他了。